KB188972

데루코와 루이

데루코와 루이

인생 2회차, 두 여자의 통쾌한 질주

이노우에 아레노 지음
윤은혜 옮김

필름

추천의 말

읽는 내내 나는 그녀들이 운전하는 BMW 뒷자리를 얻어 탄 기분이었다. 루이가 부르는 상송을 흥얼대고, 데루코가 만든 유부초밥에 감탄하며, 그녀들의 멋진 일탈과 도전을 함께 즐기다 보니 어느새 눈앞에 따뜻한 바다가 펼쳐져 있었던 것도 같다. 삶은 일흔 살에 비로소 시작될 수도 있고, 그 이후의 삶도 여전히 반짝일 수 있으며, 맛있는 걸 먹으면 기운이 난다는 삶의 진리를 아는 그녀들을, 당신도 사랑하게 되길!

박은교
영화 〈마더〉, 넷플릭스 〈고요의 바다〉 작가

차례

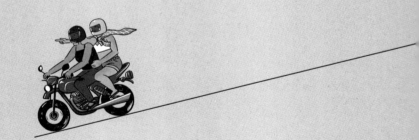

1
데루코

"내가 너 이럴 줄 알았어."

루이瑠衣라면 분명 그렇게 말하겠지. 이런 생각을 하면
서 데루코照子는 유부초밥을 만들고 있었다.

양념한 밥에는 차조기와 뱅어, 참깨를 넣었다. 내가 너
이럴 줄 알았어. 이걸 보면 또 그렇게 말하겠지. 어이가 없
다는 얼굴로. 하지만 어쩔 수 없잖아. 데루코는 평소처럼
머릿속의 루이에게 대꾸했다. 맛있는 게 좋은걸. 맛있는
걸 먹어야 기운도 난단 말이야.

유부초밥은 전부 스무 개. 열 개는 싸가고 나머지 열 개
는 도시로의 몫으로 남겨 둘 생각이다. 압력솥에서 칙칙

소리가 난다. 데루코는 가스레인지의 불을 껐다. 이대로 뜸을 들이면 소고기 와인 조림이 완성된다. 아무리 도시로라도 압력솥 뚜껑 정도는 열 수 있겠지(아니, 폭발할까 무서워서 건드리지도 못할 수도 있으니 식으면 뚜껑을 열어서 랩을 씌워 두는 편이 나을지도 모르겠다). 내가 너 이럴 줄 알았어. 오늘 벌써 세 번째로 들리는 루이의 목소리. 마지막이잖아. 그 정도는 해 줄 수 있지 않니? 데루코는 그렇게 대꾸했다.

소고기 와인 조림은 무척 맛있기도 하거니와, 레드와인과 허브로 마리네이드해 둔 고기에 토마토 통조림을 부어 끓이기만 하면 되는 아주 쉬운 요리다. 이틀 전, 루이로부터 전화가 걸려온 날 장을 보러 가서 재료를 사 오고, 마리네이드해서 냉장고에 넣어 두었다. 그래, 그때 이미 결정했던 거야. 데루코는 생각했다. 꼬박 이틀 동안 고민한 것 같은 기분이지만, 사실은 전화를 받자마자, 아니 아마 루이의 "도와줘"라는 말을 들은 순간 결정했던 거야.

데루코는 도와달라고 말하던 루이의 목소리를 다시 한 번 떠올렸다. 데루코와 루이는 둘 다 올해로 일흔이 되었다. 이웃 도시의 공립 중학교에서 처음 만났을 때가 열네

살이었으니까, 56년이나 알고 지내는 사이다. '실질적'으로 친해진 것은 서른이 되어서부터지만, 그때부터 헤아려도 벌써 40년이 지났다. 그동안 루이는 한 번도 데루코에게 도와달라는 말은 한 적이 없었고, 그렇게 절실한 목소리를 들은 것도 처음이다. 그래서 데루코는 항상 도움을 받기만 했던 자신이 드디어 도움을 줄 수 있게 된 것 같아 조금은 후련하면서 뿌듯하기까지 했다. 그런 한편으로 도와달라는 그 말은 마치 자신의 목소리처럼 들렸다는 생각도 들었다.

유부초밥이 완성되었다. 하는 김에 계란말이도 만들었다. 도시로가 먹을 것은 칠기 찬합에, 가져갈 것은 나무 도시락통(그렇다. 이것도 전화를 받은 그날 사 두었다)에 담았다. 냉장고에 있던 장아찌까지 조금 썰어서 같이 담아 두고 나자 일단 안심이 되었다. 언제가 될지 모르지만, 오늘 적어도 한 끼는 맛있는 것을 먹을 수 있다. 자, 이제 짐을 싸 볼까?

벽에 걸린 시계를 슬쩍 본다. 아직 10시를 막 지난 시간이다. 오늘 도시로는 골프를 치러 가서, 클럽 하우스에서 점심을 먹고 들어올 예정이다. 괜찮아, 그이가 돌아오기 전까지 충분히 여유롭게 집을 나설 수 있어. 하지만 그렇게 절실한 목소리로 부탁하는 루이를 오래 기다리게 할 수는 없으니까 가능한 서두르자.

데루코는 침실로 들어가 워크인 클로젯에서 리모와의 슈트케이스를 꺼냈다. 해외여행을 갈 때 쓰는 대형 가방이다. 우선 속옷과 옷과 신발을 집어넣는다. 이런 것은 없으면 없는 대로 어떻게든 되는 것들이다. 특별히 애착이 있는 것도 아니니까 '튼튼하면서 손빨래가 가능한 것'이라는 기준으로 고른다. 어머니께 물려받은(원래는 할머니의 것이었다) 진주목걸이는 가져가기로 했다. 다시 걸칠 기회가 앞으로 있을지는 알 수 없지만. 반짇고리. 좋아하는 소설책 세 권. 앨범. 이것은 결혼할 때 가져온 것이라서 이미 오래전에 돌아가신 부모님과 언니와 나의 어린 시절 사진이 들어 있다. 결혼 후의 앨범도 있지만 이쪽은 가져가지 않을 생각이다. 결혼사진도, 파리에 신혼여행을 갔을 때의 사진도, 전혀 가져가고 싶은 마음이 들지 않았다. 이렇게까지 미련이 없다는 사실이 조금 서글펐지만, 그래서 더 마음을 굳힐 수 있었다.

결국 이 집에서 가져가고 싶은 것은 별로 없었다. 슈트케이스를 침실에서 들고나와 거실에 내려놓고, 부엌으로 돌아가 아끼던 식기 몇 점과 통조림 몇 개를 챙겨서 뚜껑을 닫았다. 그리고 다시 침실로 가서 예금통장과 그 외 귀중품을 숄더백에 챙겼다. 마지막으로 문득 생각이 났다. 드라이버. 가장 중요한 것을 잊어버릴 뻔했다. 생각나서 다행이다.

데루코는 현관 옆의 작은 방으로 들어갔다. 원래는 창고용으로 설계된 방이지만 도시로가 '서재'로 사용하고 있다. 서재라고는 하지만 이 방에서 키보드 두드리는 소리가 들린 적은 없었다. 데루코가 노크를 깜빡하고 문을 열기라도 하면 도시로는 당황한 얼굴로 노트북 컴퓨터를 닫아버리는 것이 일상이었다. 이제 아무래도 상관없는 일이지만. 드라이버를 찾자. 그런 공구류는 책상 옆 붙박이 선반의 플라스틱 바구니 안에 들어 있다는 것을 알고 있다. 드라이버는 일단 도시로의 것으로 인식되어 있지만, 집에서 드라이버를 쓸 일이 생겼을 때 직접 사용하는 사람은 대부분 데루코였으니까. 하지만 오늘따라 드라이버가 보이지 않는다. 바구니 안에는 온갖 물건이 뒤섞여 들어가 있지만, 드라이버는 항상 가장 위에 놓여 있었는데.

데루코는 초조한 마음에 바구니 안의 물건을 바닥에 모두 쏟아부었다. 여기 있다. 안쪽에 들어가 있었구나. 다행이다. 도시로는 정리정돈과는 영 거리가 먼 사람이라서, 바구니 안에서 뭘 찾으려고 이리저리 휘젓다가 드라이버가 안쪽으로 들어가 버렸던 모양이다. 덕분에 드라이버가 없어진 것도 한동안 모르고 넘어가지 않을까? 그렇게 생각하면서 물건들을 바구니에 도로 담으려다가, 뭔가를 발견했다. 조그만 것. 온라인 금융 거래를 할 때 사용하는 OTP다. 은행명이 쓰여 있다. 거래한 적이 없는 은행이다. 아니, 거래는 있었을 것이다. 도시로가 나 몰래 거래하던 곳이 이 은행이었을 것이다. 데루코는 그것을 바지 주머니에 넣었다. 그리고 바구니를 원래대로 돌려놓았다.

마지막으로 데루코는 부엌에 있는 원목 스툴에 앉았다. 부엌은 데루코의 성역으로, 스툴은 동료이자 이 집안에서 유일한 내 편이었다. 여기서 이 의자에 앉아 밤을 까고, 콩나물 뿌리를 다듬고, 깊은 생각에 잠기기도 했다. 높은 곳에서 해야 할 일이 있을 때는 부엌에서 꺼내와 밟고 올라서기도 했다. 도시로에게 한번 그런 일을 부탁했다가 어마어마한 비난과 잔소리가 돌아오는 바람에, 그 후로 두 번 다시 부탁하지 않았다. 할 수만 있으면 가져가고 싶은 마음이다.

식기 수납장 서랍에서 꺼낸 규교도鳩居堂[*]의 편지지를 아일랜드 식탁 위에 펼친다(즉 부엌은 데루코의 '서재'이기도 했다). 무슨 말을 남길지 생각했다. 잘 있어요. 이 한마디면 충분하다 싶었지만, 억측의 여지를 남겼다가는 쓸데없이 일이 커져서 뒷수습이 귀찮아질지도 모른다.

잘 있어요. 저는 떠납니다.

이건 어떨까? 아직 억측의 여지가 있을까? 나에게 갈 곳이 있을 리 없다고 그이는 생각하고 있을 테니까. 조금 더 밝은 느낌으로 쓸까? 굿바이라든가? 더 불안하게 만들려나? 도시로가 다자이 오사무의 《굿바이》를 읽었을 리 없지만. 게다가 그이와 헤어지는 데 '굿'이라는 형용사는 사용하고 싶지 않다.

일단 내가 죽을 생각이 없다는 것은 분명히 해 둬야 한다. 경찰에 실종 신고가 들어가는 사태는 피하고 싶으니까. 그러면서도 자신이 버림받았다는 사실을 도시로가 알

---

[*] 문구류, 서예용품, 향 등을 파는 전통 공예품 전문점.

아야 한다. 도시로는 체면에 목을 매는 성격인 만큼, 경찰까지 불러서 일을 키우기도 싫고 주위에도 당분간 비밀로 해야겠다는 심경이 되도록 만들어야 한다.

데루코는 생각 끝에 최종적으로 이렇게 적었다.

잘 있어요.

나는 이제부터 살아갈게요.

그렇게 데루코는 슈트케이스를 끌고 39년간 살아온 그집을, 아니 45년에 이르는 도시로와의 결혼 생활을 박차고 나왔다.

데루코는 핸들을 쥐고 있다.

은색 BMW. 도시로의 애차다. 이것을 훔친(도시로는 그렇게 생각하겠지) 것은 상당히 꺼림직하지만 앞으로는 차가 없으면 아무것도 할 수가 없으니까, 어쩔 수 없다. 도시로가 골프를 치러 갈 때는 항상 동료 중 누군가가 데리러 와서 도시로를 태워 간다. 그래야 점심 식사 때 맥주를 마실 수 있기 때문이다. (데리러 오는 동료는 술을 못 마시는 사람이라고 한다.) 그것을 알고 있었기 때문에 결행의 날을 오늘로 잡았다.

　운전은 익숙하다. 왜냐하면 골프를 치러 갈 때와 비슷한 이유로, 술을 마신 도시로를 데리러 가는 일이 자주 있었으니까. 그이가 정년을 맞기 전에는 일주일에 사흘은 자정 무렵이 되면 신바시나 긴자로 차를 출발시키곤 했다. 도시로가 데루코에게 면허를 따게 한 것은 그러기 위해서(그리고 주말에 식재료를 사러 갈 때 자기가 따라가지 않아도 되니까)라고 해도 과언이 아니다. 나는 이 차를 그리 좋아하지 않지만, 차 쪽은 도시로가 아니라 나를 주인으로 인식하고 있을 게 틀림없어. 데루코는 생각했다.

　차에 타면서 루이에게 이제 출발한다고 전화를 해 두었다. 역 앞의 로터리에 루이가 이미 서 있는 것이 보였다. 빨간색의 챙 넓은 모자에 까만색과 하얀색 줄무늬가 들어간 여름 니트, 선명한 초록색의 나팔바지(루이가 즐겨 입는 형태의 바지를 보면 데루코는 이 명칭밖에 생각나지 않는다). 큰 체격과 글래머러스한 체형, 이목구비가 모두 크고 뚜렷한 얼굴은 이탈리아나 스페인 여배우의 만년을 떠올리게 한다. 외모도, 성격도, 루이와 나는 모든 면에서 완전히 정반대라고 데루코는 생각해 왔다. 반면 데루코는 귀밑까지 오는 백발의 단발머리에 키는 루이와 비슷하지만 몸집은 절반 정도밖에 되지 않는다. 이목구비도 동양적이고, 오늘은 줄무늬 리넨 셔츠에 넉넉한 치노 팬츠 차림이다.

"루이!"

데루코는 차를 세우고 창문을 열어 루이를 불렀다. 루이는 조금 놀란 듯했다. 이제까지 데루코가 루이와 만날 때 차를 끌고 나온 적은 없었으니까. 루이는 조수석에 올라탔다. 짐은 작은 여행 가방 하나뿐이다. 그것은 뒷좌석에 실었다.

"늦었잖아."

그것이 루이의 첫마디였다. 육감적인 그 입술에 빨간 립스틱이 발라져 있는 것에 데루코는 감탄했다.

"전화하고부터 10분도 안 걸렸는데?"

로터리를 나가면서 데루코가 말했다.

"'내가' 전화한 건 엊그제잖아. 이틀이나 기다리게 하고 말이야. 내가 이 나이에 계속 만카에서 자야겠니?"

"만카?"

"만화카페! 아주 싸게 머물 수 있거든. 비즈호*보다 훨씬 더.”

“비즈호?”

“비즈니스 호텔!”

“다 줄여 말하니까 못 알아듣겠어.”

“그걸 못 알아듣는 건 네가 BMW나 끌고 다니는 세상 물정 모르는 사모님이라서 그런 거고. 그래, 이틀 걸려서 서방님 허가가 떨어진 거야? 나 너희 집에 좀 묵을 수 있어?”

“서방님이라고 부르지 말아 줄래?”

주상복합 아파트 옆의 교차로에서 신호에 걸려 차를 멈췄다. 루이는 잠시 입을 다물었다. 미안하다고 생각하고 있을지도 모른다. 데루코와 도시로의 관계에 대해서는 잘 알고 있으니까. 하지만 미안하다고 말하지는 않겠지. 그게 루이다.

“뭐, 어떻게 생각하면 기대가 되기도 해. 처음이니까 말이야. 내가 너의, 그러니까…… 배우자를 만나는 거.”

※ 업무상 출장을 다니는 직장인을 주요 고객으로 하여 간소한 서비스를 제공하는 대신 요금이 저렴한 호텔을 비즈니스 호텔이라고 하는데, 이를 줄여서 부르는 말.

배우자라는 표현 쪽을 선택하다니. 루이로서는 고민한 결과일 거라고 데루코는 생각한다.

"안 만나."

데루코는 말했다.

"뭐? 집에 없어? 어디 갔니? 내가 온다고 해서?"

"아니야. 그 사람이 있는 집에는 돌아가지 않으려고."

"뭐라고? 무슨 소리야? 그럼 지금 어디로 가는데?"

"나가노."

차가 움직이기 시작했다. 데루코는 왼쪽으로 핸들을 돌렸다. 이 길을 따라가면 고속도로로 들어서게 된다.

길은 한산했다.

여름 휴가철은 이미 지났고, 오늘은 평일이니까. 하늘은 맑고, 기온은 높다. 에어컨을 튼 차 안에 여름의 마지막 발버둥 같은 따가운 햇살이 쏟아져 들어왔다.

'도착하면 물은 바로 쓸 수 있으려나?'

데루코는 그런 것을 생각하고 있다. 루이에게서 조금 이상한 냄새가 났기 때문이다. 불쾌한 냄새는 아니지만 뭔가 인공적인 과일 향이 난다. 아마 '만카'에 있던 샴푸나

비누 냄새겠지. 물론 그런 말을 입 밖에 내지는 않는다. 만카라는 게 어떤 곳인지는 잘 모르지만, 거기서 이틀이나 참고 지내야 했다는 게 미안할 뿐이었다.

"별장이 있는 줄은 몰랐네."

루이가 말했다. 그 이야기는 아까 다 끝난 줄 알았는데, 역시 신경이 쓰이는 모양이다.

"아니, 뭐……." 데루코는 말을 흐렸다.

"언제 샀어? 알려줬으면 놀러 갔을 텐데. 올해도 갔다 왔어? 역시 있는 집은 다르네. 또 내가 싫은 소리 할까 봐 비밀로 했구나?"

알아서 대답까지 생각해 주기에 데루코는 아무 말도 하지 않았다.

"아아, 속 시원하다!"

루이는 양팔을 쭉 뻗었다. 차 안에서는 모자도 벗고 있어서 금색에 가까운 연갈색으로 염색한 짧은 머리카락이 위아래로 살랑거렸다.

"좁아터진 차 안이라도 실버타운보다는 훨씬 나아. 숨이 쉬어지잖아. 공기가 맛있어."

"그러니까 그런 데 들어가지 말라고 했잖아."

데루코는 반격 태세로 돌아서기로 했다.

"실버타운에 들어가 살겠다니, 너에게 가능할 리가 없잖아."

"실버타운이 아니라 시니어 레지던스야."

자기가 실버타운이라고 말해놓고선 루이는 그렇게 정정했다.

"실버나 시니어나, 노인들만 들어간다는 점에선 똑같잖아."

데루코는 그렇게 받아쳤다. 사실 실버타운과 시니어 레지던스가 어떻게 다른지 루이에게 여러 번 설명을 들었지만 여전히 이해가 되지 않았다.

"우리 노인 맞는데 뭐."

루이가 입술을 삐죽거렸다. 노인이라는 단어는 말하다 보면 노-인이라는 외국어처럼 들리는데, 그러면 어쩐지 양팔을 앞으로 뻗은 채 우우워 우워 신음하며 배회하는 좀비 같은 이미지가 떠오른다.

"사실은 그런 생각 하지도 않으면서."

데루코가 말하자 루이는 잠시 말이 없다가 "뭐, 그렇긴 하지"라고 동의했다. 데루코가 웃자, 루이도 따라 웃었다.

데루코는 갑자기 즐거워졌다. 항상 그렇다. 루이와 함께 있으면 늘 즐겁다. 말싸움을 하고 있다가도, 결국엔 즐거워진다. 암흑 같은 자신의 인생에서, 루이의 존재는 구원과도 같았다.

"기가 죽어 있었던 것은 인정할게."

"믿을 수가 없었다니까. 모처럼 복권에 당첨됐는데 실버타운에 들어가는 데 다 써버리겠다니 말이야."

당첨금은 50만 엔이었다. 루이는 그것을 보증금에 보태서 실버타운(시니어 레지던스랬던가)에 입주하겠다는 결단을 내렸던 것이다. 데루코가 만류한 것은 사실이지만, 그때는 이미 루이가 모든 수속을 끝낸 뒤였다.

"유쾌한 장소는 아닐 거라고 생각하긴 했지만, 그렇게까지 형편없을 줄은 상상도 못 했어."

루이는 전방을 노려보면서 말했다. 그 형편없는 사건에 대해서는 전화로 대충 들었다. 데루코도 루이와 마찬가지로 어이없어하며 분통을 터뜨렸는데, 좀 더 자세히 듣고 싶은 마음이 간절했다. 물론 그다음에 이어지는 무용담(루이가 실버타운, 아니 시니어 레지던스에서 도망쳐 나오는 이유가 된)에 대해서도.

"본때를 보여줬다며. 어떻게 한 거야?"

목적지에 도착한 다음에 들을 생각이었는데, 참지 못하고 묻고 말았다. 루이는 슬쩍 데루코 쪽을 보고는 무릎 위의 모조 버킨백 안을 뒤적거렸다.

"이거."

루이가 꺼내서 보여준 것은 립스틱이었다. 루이가 뚜껑을 열자, 내용물이 다 닳아버린 것이 보였다. 오늘 루이의 입술과 같은 색깔이다.

"이걸로 대문짝만하게 엑스표를 그려줬지. 나쁜 놈들의 문짝에 말이야. 뭐였지? 아라비아의 로렌스가 아니라……'열려라 참깨!'가 나왔던 그거 말이야."

"알리바바!"

신이 난 데루코가 크게 소리쳤다. 《알리바바와 40인의 도적》이다. 도적이 알리바바의 집을 발견해서 문에 표시를 해 놓자, 모르지아나라는 현명한 처녀(그 처녀는 알리바바와 어떤 관계였더라?)가 이웃집 문에도 모조리 표시를 해서 알리바바의 집을 찾지 못하게 했다.

"맞아, 그거야. 찾지 못하게 만든 게 아니라, 오히려 그놈들의 악행을 널리 알리려고 한 거지만 말이야. 그놈들이 도적이나 마찬가지니까."

"그 립스틱으로! 문에다! 엑스표를! 그랬으니 도망칠 수밖에 없겠네!"

하하하하. 데루코는 크게 웃었다. 루이와 함께 있으면 자주 이렇게 웃게 된다. 그때마다 신선한 공기가 폐로 들어오는 기분이 들었다.

"나는 네 웃음소리가 정말 좋아."

루이는 싱글싱글 웃으며 말했다.

"어머! 나한테는 루이 네 웃음소리가 그래." 데루코가 대답했다.

"말은 잘해."

루이는 쑥스러워하며 팔꿈치로 데루코를 쿡쿡 찔렀다. 데루코는 다시 하하하하 마음껏 웃으며 새로운 공기를 들이마셨다.

데루코와 루이가 중학생이었을 때, 둘이 살던 도쿄 외곽 지역에는 논과 밭이 아직 제법 남아 있었다.

데루코의 기억 속에 남아 있는 것은 토마토다. 학교 가는 길에 토마토밭이 있었다. 밭과 밭 사이의 좁은 두렁길을 걸어 학교를 다녔다. 여름이면 작고 파란 토마토가 하루가 다르게 커가다가 빨갛게 다 익기 전에 수확되어 밭에서 사라져 버렸다. 그러다 가끔 한두 개씩 빨갛게 익을 때까지 남아 있는 토마토가 있었는데, 그런 토마토를 볼 때마다 당시의 데루코는 루이를 떠올리곤 했다.

갈라지거나 모양이 일그러진 탓에 외롭게 남아 빨갛게 익어가는 토마토. 꿋꿋하게 살아남은 모습이 인상적이었지만, 그 꿋꿋함에는 어딘가 비장함이 감돌았다. 갈라진 토마토가 웃고 있는 것처럼 보이는 순간, 그 표정은 루이의 웃는 얼굴과 겹쳐 보였다.

그때는 그렇게 친하게 지냈던 것도 아니다. 데루코와 루이는 중학교 2학년과 3학년 동안 같은 반이었지만, 접촉은 거의 없었다. 드넓은 초원의 초식 동물과 육식 동물 같은 관계였다. 아니, 초원에서라면 사자가 얼룩말을 덮치는 사건이라도 일어났겠지만, 그런 종류의 접촉마저도 없이 각자의 구역에서 서식했다. 간단히 말하자면 데루코는 교내 모의고사에서 항상 3등 안에 드는 우등생이었고, 루이는 시험을 보다 말고 교실을 나가버리거나, 가방 안에 담배를 숨겼다가 들켜서 수시로 교무실에 불려 가는 불량 학생이었다. 서로 상대방의 존재를 알고 있기는 했지만 말을 나눌 기회도, 필요도 없이 중학교 2학년을 보냈다.

중학교 3학년 1학기 말에 태풍에 버금가는 큰비가 내렸다. 아침에 집을 나설 때는 비가 그친 상태였지만, 데루코가 토마토밭까지 와 봤더니 두렁길이 완전히 물에 잠겨 있었다. 공포에 사로잡혀 우두커니 서 있는데, 거기에 루이가 나타났다.

나중에 루이에게 집 주소를 물어보았더니, 그 두렁길은 루이가 학교로 가는 길이기도 했다. 평소에는 데루코보다 훨씬 늦게 그 길을 지나갔지만(왜냐하면 루이는 지각 상습범이기도 했으니까) 그날은 가까운 강에 물이 얼마나 늘었나 구경하러 갔다가 바로 학교로 향하던 길이었다(고 나중에 들었다). 그러자 같은 반의, 얼룩말 아니면 기린쯤 되는 여자애가 거기에 발목이 잡혀 있었던 것이다. 그런 경위였다. "우와!" 거의 개울이나 다름없는 상태의 두렁길을 보고 루이는 기쁜 듯이 탄성을 질렀다.

"가자."

루이가 데루코에게 말했다. 데루코가 멍하니 서 있자

손을 잡아끌었다. 오늘은 일단 집으로 돌아가야겠다고 생각하던 참이었는데, 데루코는 루이와 함께 질퍽거리는 진흙탕으로 들어서게 되었다. "이야, 세상에. 굉장하다." 루이는 소란을 떨면서 데루코를 거침없이 잡아끌었다.

"너, 그렇게 학교에 가고 싶어?"

중간에 갑자기 물이 깊어지자 교복 치마를 둘둘 걷어 올리면서 루이가 물었다.

"어? 아니 뭐……."

데루코도 루이를 따라 치마를 걷으며 그렇지 않다고 설명하려 했다.

"역시 우등생은 다르네."

데루코가 뭐라고 말을 하기도 전에 루이가 혼자서 그렇게 대답하는 바람에, 그 밑도 끝도 없는 납득 방식에 데루코는 저도 모르게 웃어버렸다. 아하하하. 생각해 보면 그것이 데루코가 루이 앞에서 소리 내어 웃은 첫 순간이었다.

물에 잠기지 않은 곳까지 도착하자 루이는 "그럼 잘 가!" 하고 한 손을 들어 보이고는 뛰어서 가버렸다. "그건 널 배려해서 그런 거야. 같이 등교했다가는 괜히 입방아에 오르내릴 테니까 말이야, 너도 그렇고 나도 그렇고." 나

중에 루이는 그렇게 설명했다. 신발도 교복 치마도 흠뻑
젖어버리는 바람에 그날은 둘 다 체육복으로 갈아입고 수
업을 받았다. 하지만 그 일을 계기로 관계가 가까워지는
일은 없었다. 둘 사이에 교류가 시작되는 것은 그로부터
16년 뒤의 일이다.

"내가 너 그럴 줄 알았어."

루이가 말했다. 지금 둘은 고속도로 휴게소에 조성된
허브 가든의 벤치에 앉아 있다. 아침에 밀크티를 한 병 마
신 것이 다라고 루이가 말하기에 여기서 유부초밥을 먹기
로 한 것이다.

"이럴 때마저도 굳이 이런 걸 만들어 온다니까, 정말.
나야 계속 편의점 도시락으로 연명하던 참이라 고맙지만
말이야."

역시 그렇게 말할 줄 알았어. 데루코는 그렇게 생각하
는 한편, 루이는 진정한 의미에서 자신이 '그럴 줄'은 상상
도 못 하고 있을 거라고도 생각했다. 도시로에게 편지 한
장만 남긴 채 떠나왔다는 것도, 앞으로의 계획도 아직 밝
히지 않았으니까.

"우와, 뱅어가 들어 있잖아? 요리에 있어서는 정말 철 저하구나, 너. 진짜 너무 맛있다!"

루이는 환성을 질렀다. 데루코도 함께 먹었다. 당연히 맛있었다. 어떤 상황에서든(이런 순간까지 포함해서) 이렇 게 맛있는 음식을 하는 데 공을 들인다는 것은 나의 좋은 점일까, 나쁜 점일까? 도시로도 유부초밥을 먹으려나, 하 는 생각이 문득 스쳤다. 먹어 주기를 바라는지, 아니면 누 굴 놀리는 거야! 하고 소리치며 쓰레기통에 던져버리는 쪽이 마음 편할지, 그것도 잘 모르겠다. 도시로가 어떤 사 람이었든 간에, 어쨌든 45년간이나 함께 살았으니까.

루이는 세 개째의 유부초밥에 손을 뻗고, 데루코도 한 개 더 먹을까 생각하던 그때였다. "거 참, 느긋하게도 드시 네." 하는 험악한 목소리가 머리 위에서 들려왔다.

"여기 기다리는 사람 안 보여요? 휴게소가 무슨 소풍 장소인 줄 아나. 남들 생각도 좀 하쇼!"

시비를 걸어온 것은 30세 정도의 체격 좋은 남자였다. 말과 태도가 험악한 데 비해 입은 옷은 빨간 폴로 셔츠에 화이트진으로 극히 평범했다. 그 옆에는 남자보다 조금 어려 보이는, 미니스커트와 탱크톱에 시스루 볼레로 같은 것을 걸친 여자가 서서 곱게 화장한 얼굴로 이쪽을 노려 보고 있다.

"거기 저희가 여기 오면 항상 앉는 자리거든요?"

여자는 사나운 표정으로 그렇게 말했다. 데루코는 흘긋 루이 쪽을 보았다. 눈을 동그랗게 뜨고 침입자를 응시하고 있다. 대꾸를 하지 않는 것은 입안 가득 유부초밥이 들어 있는 탓일 것이다.

데루코는 망설이지 않았다. 왜냐하면 망설이지 말자는 것이 이제부터 살아갈 인생의 테마 중 하나이기 때문이다. 숄더백을 뒤져서 선글라스를 꺼내 썼다(세 개 있던 것 중에서 가장 진한 색을 챙겨왔다). 그리고는 천천히 셔츠의 오른쪽 소매를 걷어 올렸다.

이쪽 팔에는 문신이 빼곡하게 새겨져 있다.

빨간 폴로 셔츠의 남자와 미니스커트를 입은 여자의 표정이 순식간에 굳었다. 좋았어. 데루코는 마음속으로 주먹을 불끈 쥐었다. 하지만 다음 순간, 미니스커트의 여자가 불을 뿜었다.

"뭐야, 팔토시잖아?"

큰일 났다. 거리가 너무 가까웠나? 차창 밖으로 이 팔을 슬쩍 내밀면 시비가 걸릴 위험이 줄어든다고 설명서에 쓰여 있었는데.

"뭘 잘난 척하면서 팔을 걷고 있어요? 웃겨, 정말."

"보자 보자 하니까 내가 우스워 보이쇼? 거기 할머니?"

다시 공격이 시작되고 말았다. 데루코는 다시 루이를 쳐다보았다. 한심하지만 어떻게 좀 해달라는 표정이었을 것이다. 루이가 눈을 부라렸다. 유부초밥을 드디어 다 삼킨 것이다.

"사람 우습게 보는 건 그쪽이지! 다른 사람이 앉아 있는 자리에 앉고 싶거든 예의 바르게 부탁해! '항상 앉는 자리'라니 내가 웃기지도 않아서. 댁들이 와서 앉았건 말았건 우리가 알게 뭔데. 할머니인 줄 알면 노인 공경이나 할 일이지. 웃기고 있는 건 그쪽이세요. 진짜 웃기고 자빠졌네, 정말!"

대단한 박력이다. 루이는 상송 가수니까 성량이 크다. 가든 내에 있는 가족 단위 방문객들이 이쪽을 보고 있다. 주차장 쪽에 있는 사람들까지 고개를 돌려 이쪽을 쳐다볼 정도다.

두 젊은이는 확연히 기가 죽어 보였다. '할머니'가 이렇게 반격을 하리라고는 상상도 못 했겠지. "됐어, 그냥 가자." 여자가 남자에게 속삭였다. "쳇." 남자가 들으라는 듯이 크게 혀를 차고는 둘은 사라졌다.

데루코는 세 번째로 루이 쪽을 보았다. 이번에는 조심스레 눈치를 보듯이.

"그래도 애썼어."

얄밉게도 루이는 상냥하게 그렇게 말하고는 그래그래 하고 고개를 끄덕여 보였다. 웃음을 꾹 참는 얼굴로.

고속도로를 벗어나자 차 안은 조용해졌다.

문신 모양 팔토시를 두고 한바탕 웃어 젖히더니 루이는 이제 좀 만족한 모양이다.

데루코의 긴장감이 전해진 탓일지도 모른다. 아니면 뭔가 좀 이상하다고 알아차렸는지도. 지금 차는 야쓰가타케 八ヶ岳* 기슭의 별장지 안을 달리고 있었다. 여기까지는 철저히 조사해 두었다. 하지만 어느 집이 좋을지는 실제로 보지 않고는 알 수가 없다.

---

* 나가노와 야마나시에 걸친 고원지대. 여름에는 피서지, 겨울에는 스키장으로 유명하다.

"너네 별장인데 어딘지를 잊어버린 거야?"

언덕 꼭대기까지 올라온 끝에 데루코가 차를 유턴하자 루이는 조금 불안한 듯이 그렇게 물었다.

"좀 조용히 해봐."

데루코는 오른쪽 길로 들어섰다. 이 계절에 별장지 안에는 사람이 거의 없어서, 다른 차도 입주민도 전혀 마주치지 않았다. 물론 그런 시기인 것을 감안해서 이 계획을 세운 것이다. 그다지 관리가 철저하지 않은, 산속 깊은 곳의 별장지라는 것도 중요한 점이었다. 쭉 돌아본 끝에 후보를 두 채 찾아냈다. 이쪽 길도 좋아 보인다. 울창하게 자란 나무들 반대편에 집이 한 채 있다. 데루코는 그 집으로 들어갔다.

차를 세운다. 나무에 가려져서 밖에서 보기에 차가 바로 눈에 띄지 않는다는 점도 바람직하다. 진갈색 통나무로 지어진 단순한 구조의 집이었는데, 상당히 낡아서 허물어져 가고 있다고 해도 될 정도였지만 그래서 오히려 안심이 되기도 했다. 여기로 하자. 그렇게 정했다.

"여기야?"

루이가 실망한 기색을 보이며 물었다. 좀 더 모던하고

깨끗한 별장을 상상하고 있었던 모양이다. 하지만 그런 집에는 언제 주인이 찾아올지 모르는걸.

"여기야."

데루코는 결연하게 그렇게 말하고 현관으로 향했다. 문손잡이를 돌려 보았지만, 당연히 잠겨 있었다. 몇 년씩 방치해 두더라도 보통 문 정도는 잠그겠지. 괜찮아. 그래서 이걸 가져왔으니까.

데루코는 숄더백 안에서 드라이버를 꺼냈다.

2
루이

물은 오케이.

별장을 사용할 때마다 물을 연결해 달라고 요청하는 방식일까 봐 걱정했는데, 다행히 문제없었다. 수도꼭지를 틀자 물은 나왔다. 데루코가 조사한 바로는 이 별장지의 수도 요금은 관리비에 포함되어 있어서, 연초에 1년분을 내는 시스템이라고 한다. 정해진 양까지는 정액제이기 때문에 별장 안에 온천을 파서 물을 끌어다 쓰거나 하지 않는 한은 아무리 써도 괜찮다.

"아무도 신경 안 써."

전기는 사용할 수 없다.

데루코의 말로는 차단기를 올리면 전기가 들어오겠지만, 전기를 사용하면 당연히 전기 요금이 나오고, 그것은 이 집의 '진짜 주인'에게 청구된다. 그랬다가는 미안하기도 하고, 무엇보다 거기에서 '꼬리를 잡힐' 위험이 크다. 가스도 마찬가지다. 이 일대는 도시가스가 아니라 프로판가스를 사용하는데, 데루코도 그 구조는 잘 모르지만 사용하면 미터기가 움직일 테고, 그렇다면 전기와 같은 위험이 있다. "건드리지 않는 게 나을 것 같아."

여기까지 설명을 들은 시점에 루이는 대충 사정을 이해했다. 뭐, 이 집에 들어오면서 데루코가 가방에서 드라이버를 꺼냈을 때 어느 정도는 눈치를 챘지만.

"여기 너네 별장이 아니지?"

루이는 말했다. 데루코는 부엌 쪽에서 뭔가 부스럭거리고 있느라 대답도 하지 않았다.

"아는 사람 누구네 별장인 것도 아니고? 너, 남의 별장에 불법 침입을 한 거야?"

맨발 위를 뭔가가 스쳐 지나갔다. 저도 모르게 꺅 소리를 지르며 물러섰더니, 살찐 귀뚜라미 비슷한 벌레가 먼지로 뒤덮인 마루 위를 뛰어다니는 것이 보였다. 해가 지기에는 아직 이른 시간인데도 집 안은 어두컴컴하고, 습기와 곰팡이 냄새로 가득하다. 천장과 벽 위쪽으로는 거미줄이 쳐져 있다.

"내가 아니라, '우리'가 불법 침입을 한 거지."

통조림과 레토르트 식품이 든 상자를 양팔로 끌어안은 데루코가 돌아와서는 그렇게 말했다. 먹을 수 있는 게 꽤 많이 남아 있더라며 신나 보인다. 어느새 머릿수건까지 두르고 있다.

"남의 집 물건이니까 가능한 건드리고 싶지 않지만, 비상식량이 있다고 생각하면 마음이 놓이잖아."

"……있잖아, 혹시나 해서 묻는 건데, 이거 범죄거든? 경찰에게 들키면 체포당한다고. 알고 있어?"

"당연하지. 그것도 모를까 봐?"

날 뭘로 보는 거야? 하는 표정으로 데루코는 말했다.

"……알면서도, 상관없다고 생각한다는 거지?"

"그래."

데루코는 들떠 보이는 얼굴로 고개를 끄덕였다. 결국 루이도 수긍하고 말았다. 그 시점에 데루코의 생각과 결의가 완전히는 아니더라도 느껴졌기 때문이다. 그리고 데루코가 상관없다고 한다면 나도 상관없어. 아주 자연스럽게 그런 기분이 들었다.

둘은 우선 집 청소를 시작했다. 다행히 청소 도구는 갖추어져 있어서(곰팡이가 슬고 거미줄이 쳐져 있기는 했지만) 일단 오늘 밤 여기서 자도 괜찮겠다 싶을 정도로는 깨끗해졌다. 청소에 시간을 많이 들이지 못한 이유는 해가 저물기 전에 차를 끌고 장을 보러 가고 싶었기 때문이다.

데루코가 내비게이션에 생활용품 전문점과 슈퍼마켓의 위치를 입력했다. 근처에 어떤 상점이나 시설이 있는지도 미리 조사해 두었다고 한다. 그러니까 데루코는 용의주도하게 이 계획을 세웠던 것이다.

"만카도 모르는 애가 어떻게 이런 것까지 알아봤대."

지금 차는 시원스레 생활용품점으로 향하는 중이다. 루이는 감탄밖에 나오지 않았다.

"살려면 필요하니까."

데루코는 태연하게 대답했다. 차의 라디오에서 아바의 〈댄싱 퀸〉이 흘러나와서, 후렴 부분을 함께 불렀다. 그리고는 "나와 루이 둘이 살려면 말이야"라고 덧붙였다. 그러고 보니 도쿄에서 별장지까지 오는 길에는 라디오도 음악도 전혀 틀지 않았다. 데루코도 나름대로 긴장하고 있었던 걸까? 이제 긴장이 풀리고 있는 거라면 아직 너무 빠른 거 아닌가 싶기는 했지만.

데루코는 청소를 하는 틈틈이 메모를 적었다. 그것을 두 장에 나눠 적어서는 생활용품점에 도착하자 한 장을 루이에게 건넸다. 메모를 보면서 둘은 각자 매장을 둘러보고 필요한 것을 카트에 담았다. 휴대용 가스버너, 부탄가스, 모포, 베개, 시트, 청소용품, 양초, 랜턴, 성냥, 냄비, 프라이팬, 채반과 볼 등의 조리도구 등등.

다음으로는 슈퍼마켓에 갔다. 여기서는 메모를 나눠 들지 않고 데루코 혼자서 살 물건을 골랐다. 루이는 장바구니를 올린 카트를 밀며 데루코 뒤를 따라다녔다. 루이는 먹는 것은 좋아하지만 요리는 전혀 할 줄 모르기 때문이다. 그 슈퍼마켓은 지역 특산품을 전문으로 취급하는 곳 같았는데, 입구 바로 앞의 채소 코너를 보고 데루코는 작게 환성을 질렀다. 이렇게 일상적인 쇼핑을 하는 데루코의 모습을 루이는 처음 보았다. 신이 나서 매대에서 매대로 돌아다니며 물건을 손에 들어 보고 고개를 끄덕였다가

갸웃거렸다가 장바구니에 넣었다가 도로 꺼냈다가 하는 중이다. 슈퍼마켓의 요정이 있다면 저렇지 않을까? 루이는 생각했다. 아니, 요정은 너무 미화했나? 아까 본 살찐 귀뚜라미 같기도 하고. 아니아니, 통통 튀어 다니는 점은 닮았지만 데루코는 그렇게 살찌지도 않았잖아. 그래, 역시 요정이야. 그렇다고 해 두자.

생활용품점에서도, 슈퍼마켓에서도 돈은 데루코가 지갑에서 현금을 꺼내 계산했다. 돈. 돈 문제가 있었지, 하고 루이는 생각했다. 이건 나중에 제대로 얘기를 해봐야겠다. 일단 지금은 신세를 좀 지기로 하고(어차피 지금은 내가 가진 게 없으니까).

별장으로 돌아온 것은 오후 6시 조금 전이었다. 주위에는 어둠이 내려앉기 시작했다. 데루코는 완전히 자기 집에 돌아온 양 차를 대고는, 집 안에 들어가서는 "어머나, 집이 참 멋지네요!" 하고 큰 소리로 대사를 읊듯이 말했다. 데루코가 요리를 하는 동안 루이는 랜턴에 불을 켜서 집 안 곳곳에 두고, 현관문에는 안쪽에서 자물쇠를 걸었다. 집을 비운 동안 누가 들어오는 것은 어쩔 수 없지만, 집 안에 둘만 있을 때의 안전은 이걸로 어느 정도 지킬 수 있게 되었다. 문 바깥쪽이 아니라 안쪽에 자물쇠를 걸기로 한 것은 둘의 침입자로서의 긍지다.

이 집은 2층짜리 건물로, 1층에 부엌과 거실, 식당과 욕실이 있고, 2층에 침실이 하나 있는 간소한 구조다. 침실에는 싱글침대가 두 개 있었다. 루이가 침실에 올라가 사온 시트를 깔고 있는 동안 맛있는 냄새가 풍기더니 "밥 먹자!"라는 데루코의 목소리가 들렸다.

둥근 원목 식탁 위에 저녁 식사가 준비되어 있었다. 파란 이파리와 고기(냄새로 보아 양고기일 것이다. 정육 코너에서 데루코가 "양고기 먹을 수 있어?" 하고 확인했으니까)를 볶은 것, 거대한 표고버섯 버터구이, 무말랭이, 냄비로 지은 밥. 거기에 250짜리 캔맥주가 두 개. 요리는 모두 일회용 접시가 아니라 제대로 된 식기에 담겨 있고, 앞접시에 칠기 젓가락이 올라와 있다.

"굉장하다."

음식의 완성도보다도 이런 상황에서 이 정도로 발휘되는 데루코의 열정에 대해서 루이는 진심으로 감탄(과 약간의 어이없음이 섞인)의 말을 뱉었다.

"그렇게 호화롭게 먹기는 힘드니까 앞으로는 계속 이

런 식일 것 같은데, 괜찮을까 몰라."

"충분히 호화로운걸."

캔맥주로 건배를 하고 루이가 "이 파란 이파리는 뭐야?" 하고 물은 것을 계기로 데루코는 요리에 대한 설명을 시작했다. 파란 이파리는 말라바 시금치라는 것이라고 한다. "도쿄에서도 팔긴 하는데, 이렇게 신선한 건 처음 봤어." "왜 양고기랑 볶았냐면, 가장 저렴하기도 했고 말라바 시금치의 향과 양고기가 잘 어울릴 것 같아서. 어때? 괜찮아? 양념은 마늘, 간장, 청주에 된장도 살짝 넣었어. 된장은 이 지역 농민이 직접 만든 거래." "표고버섯도 먹어 봐! 이것도 이 지역에서 생산한 건데, 분명 맛있을 것 같아서 심플하게 버터로 구워봤어. 어때? 맛있지?" "아, 계란국도 끓여놨는데. 나중에 밥이랑 같이 먹는 게 나을까? 먹고 싶으면 얘기해."

루이는 데루코의 얼굴을 물끄러미 바라보았다. 얼마나 생기발랄하고 즐거워 보이는지 모른다.

"너 정말 기분 좋아 보인다."

"그럼, 당연하지. 이렇게 기분 좋은 거, 처음이야."

데루코의 눈은 반짝반짝 빛나고, 볼은 붉게 상기되어

있었다. 술에는 자신과 비슷하게 강하다는 것을 아니까, 맥주 때문만은 아닐 것이다.

"루이가 잘 먹으니까 진짜 좋다. 맛있게 먹어 주기만 해도 이렇게 행복해지는구나. 이거 무슨 이파리야? 하고 물었잖아? 그때부터 이미 행복했어."

"뭐래, 데루코도 참."

핀잔주듯 대꾸했지만, 그건 사실 데루코가 너무 안쓰럽게 느껴져서였다. 데루코가 결혼한 상대는 아내를 섹스 기능이 추가된 가정부처럼 취급하는 남자였다. 데루코의 고상하면서도 신중한 말투를 통해서도 그런 인상을 받았으니, 실제로는 훨씬 더 나쁜 놈일 거라고 추측하고 있다. 그런 남자와 45년이나 같이 살았으니 이게 무슨 이파리냐는 질문을 받은 것만으로도 행복해져버리는 것이다. 이 바보 같은 데루코는.

그래서 루이는 부지런히 입에 음식을 집어넣으며 "그래그래." "말라바 시금치라고? 맛있네." "표고버섯 끝내준다!" "무말랭이 같은 반찬은 막상 없으면 섭섭하잖아." "양고기 맛있다. 말라바 시금치랑 진짜 잘 어울려!" 하고 의식적으로 평소보다 20퍼센트 과장해서 감상을 늘어놓았다. 물론 실제로도 배가 고팠고 요리가 모두 맛있기도 했지만.

"그러니까 말이야."

그러고 나서 지금까지 알게 된 사실과 자신의 감정을 정리해 가며 이야기를 시작했다.

"그 사람은 아무것도 모른다는 거지? 오늘 밤일지 내일일지 모르지만 네가 도통 집에 돌아오지 않는 걸 깨닫고서야 놀라 뒤집어지겠네?"

"그렇겠지. 놀라기 이전에 화를 먼저 낼지도 모르지만."

응응 고개를 끄덕이면서 데루코는 대답했다.

"결국 가출을 했다는 소리네."

데루코는 조금 생각하는 시늉을 했다. 아니, 어쩌면 그냥 표고버섯을 씹고 있었던 것뿐인지도 모른다.

"가출이 아니라, 결별이지."

그렇게 말하고 맥주를 마셨다. 결별. 루이는 그 말을 되뇌었다.

"돌아가지 않을 거야?"

"응."

"그거 혹시 나 때문이야?"

"루이 때문이라니. 루이 '덕분'이지."

데루코는 방긋 웃었다. "뭐래, 데루코도 참." 그 말에 루이는 다시 한번 이렇게 중얼거릴 수밖에 없었다. "뭐래, 루이도 참." 데루코가 따라했다. 둘이서 맥주로 한 번 더 건배를 하고, 그걸로 캔이 비자 데루코가 일본주 병을 가져왔다. 정말 감탄하다 못해 기가 막히게도, 데루코는 자신과 루이를 위한 개인 술잔(둘 다 골동품이라고 하는데, 데루코의 것은 귀여운 그림이 그려져 있었고 루이의 것은 원래 네덜란드에서 우유 용기로 사용되었다고 하는 우아하면서 무게감 있는 백자 잔이었다)까지 슈트케이스에 챙겨왔다.

루이는 한 손엔 위스키병을, 다른 한 손엔 빨간 립스틱을 들고 있었다.

위스키는 어째선지 계란국 맛이 났다. 다시마로 우려낸 고급 육수 맛이 나서 무척 맛있었지만, 계란국이다 보니 전혀 취하질 않았다. 하지만 아무리 마셔도 취하질 않는 기분이 드는 것은(덕분에 주량이 늘었다) 이 시니어 레지던스, 즉 '피닉스 무드 2단지'에 들어오고부터 쭉 그랬기 때문에 그냥 무시하기로 하고, 루이는 그 두 가지 물건을 손에 들고 방을 나섰다.

레지던스라는 이름이 붙어 있지만, 이 건물 내부는 호텔과 비슷한 구조로 되어 있다. 방 밖에는 융단이 깔린 긴 복도가 있고, 그 양쪽으로 방문이 쭉 늘어서 있다.

이렇게 길었나? 복도를 보고 루이는 생각했다. 앞을 봐도, 뒤를 봐도, 끝이 보이지 않는다. 하지만 끝이 보이지 않는 기분이 드는 것 역시 여기에 온 뒤로는 드물지 않은 일이라서, 신경 쓰지 않고 터덜터덜 걷기 시작했다. 취하지 않았는데도, 어째선지 발걸음이 휘청거렸다.

괜찮아, 각 방에는 빠짐없이 명패가 붙어 있으니까. 어처구니없게도 명패마다 매화 또는 비둘기 마크가 붙어 있다. 이 레지던스 내에는 '우메자와梅澤 파'와 '하토다鳩田 파'*라는 양대 파벌이 있는데, 각 파벌에 속한 입주민들은 소지품이나 옷에 뭐라도 하나씩 그 상징 마크를 붙였다. 한눈에 바로 알 수 있도록. 시킨 것도 아닌데 다들 자발적으로 그렇게 해 주더시더군요, 하고 우메자와 할멈과 하토다 영감은 말했지만, 파벌 마크를 붙이지 않으면 괴

---

* 우메자와의 '우메(梅)'는 매화를 뜻하고, 하토다의 '하토(鳩)'는 비둘기를 뜻한다.

롭힘을 당하는 것이 틀림없다. 내가 당한 것처럼.

　루이가 이 레지던스에 처음 발을 들인 것은 사실 여기에 살기 위해서가 아니었다. 한 달에 두 번, 레지던스 내의 레크리에이션 룸에서 열리는 입주민을 위한 '친목의 밤' 행사에서 공연을 하게 되었기 때문이었다. 그런데 공연의 사전 협의를 위해 몇 번 방문하다가, 지금 생각하면 완전히 잘못된 스위치가 켜지는 바람에 입주를 결정해 버렸던 것이다. 우선은 그때 살고 있던 아파트의 소유주가 자식에게 물려주면서 건물을 헐기로 결정하는 바람에 살 곳을 새로 찾아야만 하는 상황이 되었다. 그리고 그와 거의 동시에 일주일에 한 번 노래를 부르러 다니던 신바시에 있는 클럽의 사장이 갑자기 사망하면서 클럽이 문을 닫는 사태가 벌어졌다. 그 때문에 클럽에서 얻던 귀중한 정기 수입을 잃고, 데루코에게 말했듯이 완전히 풀이 죽어 있던 참이었다. 게다가 공교롭게도 스무 살부터 계속 사던 복권이 그 타이밍에 처음으로 당첨되었다. 덕분에 50만 엔이라는 목돈을 손에 넣은 데다, 아파트의 퇴거 보상금도 들어오게 되면서 시니어 레지던스의 입주 보증금을 낼 수 있는 상황이 갖추어졌다. 그리하여 앞으로 쫓겨날 위험도 없고 월 2회의 정기 수입도 안정적으로 받을 수 있다는 조건에 혹해서 생애 최악의 결단을 내리고야 말았던 것이다.

"실버타운이라니, 노인들만 있을 텐데? 이렇게 하면 안 된다는 규칙도 잔뜩 정해져 있지 않아? 무리야. 루이는 절대 못 버틸 거야."

데루코는 그렇게 말하며 반대했다(이미 때늦은 반대였지만). 정확히 데루코가 말한 그대로였다. 시니어 레지던스에는 노인들밖에 없었고, 이렇게 하면 안 된다는 규칙이 잔뜩 있었고, 이렇게 해야만 한다는 규칙도 잔뜩 있었고, 게다가 파벌 싸움까지 있었다.

입주 초기에 다른 입주민들은 루이를 희귀한 동물이라도 되는 양 나름 조심스럽게 대했다. 눈에 띄는 외모는 '친목의 밤' 행사에 출연하는 샹송 가수라는 이유로 이해해 주었고, 양 파벌은 모두 루이를 자기들 무리로 끌어들이고 싶어 했다. 하지만 루이는 그것을 거부했다. 파벌. 무리. 그것은 이 세상에서 루이가 가장 끔찍이 싫어하는 것 중 하나였다.

양쪽 무리로부터의 권유를 모두 흘려 넘기며 지냈더니 괴롭힘이 시작되었다. 이 레지던스 내에는 식당이 있어서 매일 바뀌는 세 종류의 메뉴 중에 선택해서 합리적인 가격으로 식사를 할 수 있다. 우선은 거기서 루이가 앉아 있는 테이블(테이블은 모두 6인용이었다)에는 아무도 앉지 않는 사태가 일어났다. 루이가 그것을 신경 쓰지 않자(사실 친하지도 않은 노인네들과 함께 테이블에 앉아 밥을 먹느니 혼자서 먹는 편이 훨씬 나았다) 다음으로는 그 테이블의 남은 다섯 자리를 우메자와 파의 무리들이 점령하고는 '친목의 밤에서 노래하는 태생 모를 가수'에 대한 험담을 들어 보란 듯이 떠들어댔다.

어느 날에는 루이의 방문 앞에 사용한 성인용 기저귀가 버려져 있었다. 루이는 소름이 끼쳤다. 대체 누가 이렇게까지 하는 걸까? 그리고 마침내 '친목의 밤' 행사장에서 루이가 무대 위로 올라오자 관객들 대부분이 등을 돌려버리는 사태가 일어났다. 우스운 것은 이때 평소에는 서로 반목하기 바쁘던 두 파벌이 일치단결해서 그런 행동을 했다는 점이다.

루이가 더 이상 참지 못하고 폭발한 이유는 두 가지였다. 하나는 무대에 설 때마다 이런 상황이 반복되자 레지던스의 관리사무소에 불려가 소장으로부터 하루 속히 어느 한쪽 파벌에 들어가지 않으면 무대에 오를 수 없게 될 것이라고 통보받은 것. 다른 하나는 파벌에 소속되어 있더라도 루이의 무대에서 등을 돌리지 않는 사람들이 몇 명 있었고 덕분에 루이는 자신의 실력에 자부심을 느끼는 한편 고마운 마음을 가지고 있었는데, 나중에 그 사람들의 방 앞에도 예의 '그 물건'이 버려졌다는 것을 알게 된 것. 그것을 계기로 루이는 '피닉스 무드 2단지'에 완전히 정이 떨어졌다. 그렇다. 도망쳐 나온 것이 아니라 '결별'하기로 한 것이다.

지금 루이는 립스틱을 쥔 손에 다시 힘과 의지를 끌어 모아서, 어떤 문 앞에 서 있다. 명패에는 '우메자와'라고 쓰여 있다. 물론 그 옆에는 매화 마크가 붙었다. 그 문에, 빨간 립스틱으로 크게 엑스표를 그린다.

복도를 걷는다. 다음은 하토다의 방문이다. 엑스. 아직 끝이 아니다. 양 파벌의 간부쯤 되는 사람들의 이름을 전부 알아 두었다. 이 문에도 엑스. 이쪽에도 엑스. 엑스. 엑스. 까치발로 서서 문 위에서부터 아래까지 사선을 긋다 보니 제법 힘이 든다. 위스키를 들이켠다. 응, 계란국 맛. 다음 문은 누구더라…… 하고 보았더니 여기에도 '우메자와'의 명패가 걸려 있다. 둘이나 있었던가? 아니면 분열이라도 한 걸까? 할머니 혼자 살고 있을 텐데. 뭐 어때. 엑스. 문득 저쪽을 보니 맞은편 문에 걸린 명패는 '하토다'다. 하토다도 둘인가? 엑스. 루이는 앞을 향해 걸었다. 그런데 분명 아까 엑스표를 한 이름이 자꾸 나타난다. 나, 앞으로 가고 있는 줄 알았는데 혹시 온 길을 되돌아가고 있나? 뒤를 돌아보았지만 여전히 끝이 없어서, 자신이 지금 어디 있는지도 알 수 없어져 버렸다. 나 취했나 봐. 계란국에 취했어. 틀림없어.

그때 앞쪽(또는 뒤쪽)에 한 명의 여자가 서 있는 것을 루이는 발견했다. 손을 흔들고 있다. 그리고 누군가를 부르고 있다. 얼굴은 잘 보이지 않는다.

데루코? 아니, 데루코가 아니야. 데루코는 나를 엄마라고 부르지 않아.

엄마!

엄마아!

그 여자는 부르고 있다.

나를.

루이는 눈을 떴다.

순간적으로 여기가 어딘지를 잊어버리고 주위를 두리번거렸다. 나무 천장. 희미하게 느껴지는 곰팡이와 먼지의 냄새, 차가운 공기, 까슬거리는 새 담요. 담요 위에는 데루코의 코트와 롱 가디건이 쌓여 있다. 맞다, 지금 우리 별장에 있지…… 어디 사는 누구 것인지도 모르는 별장에 말이야. 옆 침대는 비어 있었다. 아래층에서 커피 향기가 풍겨온다. 협탁 위에 올려둔 손목시계를 확인하자 오전 9시가 다 된 시간이었다. 어제는 데루코와 함께 술도 제법 마신 데다, 드라이브와 청소로 어지간히 피곤했는지 순식간에 잠들어 버렸다. 꿈에 대한 것은, 이런 꿈을 꾼 날이면 항상 그랬듯이 의식적으로 머릿속에서 떨쳐냈다. 루이는 몸을 일으켜 침대 아래 벗어둔 옷을 입고, 그것만으로는 추웠기 때문에 데루코의 롱 가디건을 빌려서 걸치고 아래층으로 내려갔다.

"잘 잤어? 좋은 꿈 꿨니? 춥지 않았어?"

부엌에서 데루코가 명랑하게 말을 걸어왔다. 세상에, 연하지만 화장까지 하고, 어제와는 다른 하얀 니트 앙상블에 아래에는 어제 입었던 치노팬츠를 입고 있다. 어제는 냄비로 물을 데워 얼굴과 몸을 닦기만 했다. 머리도 감고 싶고, 욕조에 몸을 푹 담그고 싶은 기분이다.

그렇게 생각하면서 루이가 세수를 하고 돌아오자, "아침 먹은 뒤에 온천에 가지 않을래?" 하고 데루코가 말했다.

"온천이 있어?"

"당연하지. 그런 곳을 일부러 찾았는걸."

그런 대화를 주고받으면서 데루코는 테이블 위에 아침 식사를 차리기 시작했다. 수국 같은 큰 꽃무늬가 그려진 세트로 된 머그컵(아라비아라는 브랜드의 빈티지 제품이라고 한다)에 담긴 커피와 팬케이크 비슷한 것. 팬케이크 비슷한 그것은 밀가루에 드라이 이스트를 넣어서 발효시킨 반죽을 구운 것으로 '크럼펫'이라고 한다는 설명이 이어졌다.

"맛있다! 이 트럼펫인가 하는 것도 맛있지만 이 커피가 지금까지 내가 마셔본 것 중에 최고로 맛있어!"

그렇게 말하면서 루이는 문득 웃고 싶어져서 실제로 "아하하하하!" 하고 소리 높여 웃었다. "뭐야, 왜 웃어?" 데루코도 덩달아 웃으면서 말한다. 이제부터 이런 매일이 시작되겠구나 하고 루이는 생각했다. 전기가 들어오지 않아 밤에는 랜턴과 촛불을 켜고, 욕조도 없고 온수도 나오지 않고, 하지만 근처에 온천이 있으니까 아침 일찍 목욕을 하러 가고, 절약해야 한다고 말하면서도 갓 구운 '트럼펫'과 원두를 직접 갈아서 내린(데루코는 자그마치 원통형 커피밀까지 가져왔다) 최고로 맛있는 커피를 마실 수 있는 매일. 물론 항상 웃을 수만은 없겠지만.

"진지한 얘기를 좀 하고 싶은데."

그래서 루이는 웃음을 멈추고 이렇게 말했다. 그로부터 잠시 진지한 이야기, 즉 돈에 관한 이야기를 나눴다. 데루코는 좀처럼 밝히려 하지 않았지만, 결국 300만 엔 정도의 저금이 있다는 것을 털어놓았다. 이것은 데루코가 암흑 같은 결혼 생활 동안 조금씩 모은 자기 명의의 재산이기 때문에 필요할 때 찾아 쓸 수 있다. 2개월에 한 번, 10만 엔 정도의 연금이 그 계좌로 들어온다.

한편 루이 쪽은 돈에 관련해서는 밝힐 것도 숨길 것도 전혀 없었다. 즉 저금은 한 푼도 없는 것이나 다름없고, 연금은 미납 기간이 길었기 때문에 1년에 20만 엔 정도밖에 받지 못한다. 둘의 경제를 합산하면 앞으로의 전망은 과연 어떨까? 데루코는 "괜찮아, 어떻게든 될거야." 하고 말했지만, 요리와 달리 이 분야에서 데루코의 의견은 전혀

믿음직스럽지 않았다. 그래서 루이는 오후에 마을로 나가
자고 제안했다.

온천은 차로 5분 정도의 거리에 있는데, 관광객보다는
지역 주민들이 많이 이용하는 분위기였다. 물론 루이와
데루코도 지역 주민 행세를 하며 탕으로 들어갔다. 뜨거
운 물이 온몸에 스며들었다. 노천탕에서는 산과 그 위의
하늘을 맴도는 솔개가 보였다.

루이와 데루코는 이제까지 딱 한 번 함께 짧은 여행을
간 적이 있어서, 서로의 나신을 보는 것이 처음은 아니었
다. 하지만 그 처음이자 마지막 여행도 이미 여러 해 전의
일이었기 때문에, 루이는 데루코의 몸을 보고 자신들의
나이에 대해 생각할 수밖에 없었다. 일흔이라니. 연금 수
령이 가능한 나이고, 실버타운에 입주할 정도의 나이기도
하다. 하지만 그게 뭐 어때서. 루이는 생각했다. 나이가 일
흔이라도 실버타운을 때려치울 수 있고, 45년에 달하는
결혼 생활이라 해도 끝장낼 수 있는 법이다. 그 정도로 우
린 살아가려는 열의로 가득하다. 10대나 20대 젊은이들
보다 오히려 더 뜨거울지도 모른다.

머리를 감고서 상쾌해진 기분으로 일단 별장(아니, 이

제는 '집'이라고 불러야겠지. '우리 집'이라고)으로 돌아와, 닭고기 소보로와 스크램블드에그, 시금치 볶음을 올린 삼색 덮밥으로 점심을 먹었다. 그리고서 다시 한번 차를 타고 외출했다. 어제 갔던 슈퍼마켓과 생활용품점이 있는 별장지에서 가장 가까운 마을의 이름은 '쓰키미초月見町'라고 했다. 쓰키미 강을 지나는 쓰키미 다리에 접어들자 "마을에 도착하면 따로 좀 다니지 않을래?" 하고 데루코가 말을 꺼냈다. 마침 자신도 똑같은 말을 꺼내려던 참이라 루이는 조금 놀랐다.

"괜찮긴 한데…… 너는 뭐 하려고? 오늘도 뭐 살 게 있어?"

"그건 아니지만, 나는 나대로 할 일이 있거든."

"아, 그래?" 루이는 그렇게만 대꾸했다. 왜냐하면 이렇게 대답할 때의 데루코는 아무리 캐물어도 말을 흐릴 뿐이기 때문이다. 그렇다는 것도 40년 동안 친구로 지내면서가 아니라, 최근 이틀 사이에 갑자기 알게 되었다. 최근 이틀 사이에 루이는 데루코라는 사람의 예상치 못한 새로운 일면(예를 들어 불법 침입이라는 범죄를 태연하게 저지른다든가)을 계속 알아가고 있는 중이다. 나도 정신 바짝 차려야지. 루이는 생각했다.

슈퍼마켓 주차장에 차를 대고, 두 사람은 거기에서 헤어졌다.

루이는 역 쪽으로, 데루코는 반대쪽으로. 루이가 보기에 데루코는 루이가 '가지 않는' 쪽 길을 택했다는 느낌이었다. 수상하기 짝이 없지만, 뭐 어때. 지금은 내가 해야할 일을 하자.

어떤 방면에 있어서는 자신이 직감이 뛰어나다는 것을 루이는 알고 있다. 그래서 그 직감을 믿고 걸어갔다. '쓰키미'라는 작은 기차역에 도착하자 주위를 둘러보고, 식당과 기찻길 사이의 길로 들어섰다.

생각대로 그곳에는 밤의 가게들이 모여 있었다. '바 샴고양이', '스낵 레몬', '카레와 술이 있는 곳 – 조지' 세 곳뿐이니까 모여 있다고 하기도 민망한 수준이다. 가게들은 모두 1층은 영업을 하고 2층은 거주할 수 있는 비슷한 구조로, 서로 바짝 붙어서 지어져 있다. 오후 2시가 막 지난 시간이라 바와 스낵은 문이 닫혀 있었고, 카레와 술이 있는 곳은 문에 끼워진 유리창을 통해 안에 사람이 있는 것이 보였다. 그리고 루이의 직감은 이 가게에 들어가야 한다고 말하고 있었다.

루이는 문을 열었다. 가게 내부는 안쪽으로 좁고 긴 형태로, 오른쪽에 카운터가, 왼쪽에 소파와 테이블석이 두 개 있었다. 그리고 가장 안쪽에 반원형 무대가 있었다. 빙고!

"식사하시게요?"

카운터에 있던 남자가 말했다. 50대 중반 정도로, 누가 봐도 태닝샵에서 관리한 피부를 가진 이목구비가 뚜렷한 남자였다. 딱 맞는 꽃무늬 셔츠를 입고 있는 탓에 말랐지만 배가 나와 있는 체형인 것이 눈에 들어왔다.

"술은요?"

루이는 방긋 웃으며 고개를 살짝 기울였다. 온천에 갔다 온 뒤에 3단계 수준의 화장을 했다. 1에서 3까지 중에서 최고 단계다. 데님 소재의 풍성한 맥시 스커트에 까만 바탕에 빨간색의 큰 물방울 무늬가 들어간 블라우스를 매치했다.

"술은 뭐, 주문만 하시면 얼마든지요."

남자는 웃었다. 변죽이 좋은 남자다. 이것도 빙고. 한편 남자가 조금 들떠 있는 것을 루이는 알 수 있었다. 젊은 시절의 미모는 이제 거의 사라졌지만, 대신 그만큼 얻은 것이 있는 덕분에 이런 종류의 남자를 꼬드기는 것은 아직 가능하다.

한 달에 두 번, 가게가 문을 여는 7시부터 문을 닫는 11시까지, 손님과 함께 노래를 부르기도 하고, 필요하다면 접객 서비스도 포함하는 조건으로 휴게 시간 30분, 출연료는 하루 5천 엔.

사실은 주 1회씩 한 달에 네 번에 출연료는 최저 8천 엔은 받고 싶었지만, 세게 나갈 수 있는 상황도 아니라 그 조건으로 합의했다. 피아노는 없지만 기타 반주가 붙는다. 기타 연주는 사장(아즈사가와 조지梓川ジョージ라고 쓰인 명함을 받았다)이 직접 하기 때문에 돈 들여 반주자를 고용하지 않아도 된다. 일단 이걸로 조금이나마 정기적인 수입을 얻게 되었으니, 의기양양하게 마트로 돌아가면서 데루코에게 전화를 걸었다. 데루코는 이미 자기 볼일을 마치고 차 안에서 기다리는 중이었다.

"일을 구했어!"

차에 타면서 큰 소리로 선언하자, 데루코는 씩 웃었다.

이렇게 웃는 건 처음 보는데. 루이는 생각했다.

"나도."

데루코가 말했다.

"뭐라고? 일을? 네가? 무슨 일?"

"이거."

데루코는 가방에서 트럼프 카드를 꺼내 보였다.

3

데루코

데루코는 의외의 특기를 몇 가지 가지고 있다.

그중 하나가 인터넷 검색이다. 루이가 생각하는 것보다 훨씬 더 대단한 기술을 보유하고 있다고 데루코는 자부한다. 그리고 또 하나가 카드 점을 치는 것이다. 이것에 대해서는 지금까지 루이에게 밝힌 적이 없었다.

"온라인 강좌?"

루이는 눈을 동그랗게 떴다. 둘은 마을에 나갔다가 돌아온 뒤 테이블에 마주 앉아 커피를 마시는 중이다. 커피에는 둘의 '취직'이 결정된 것을 축하하는 의미로 특별히 생크림을 거품 내서 올렸다. 저녁 식사도 좀 호화로운 걸로 준비해 볼까 하고 데루코는 생각하고 있었다.

"응. '당신의 인생을 풍요롭게 하는 트럼프 카드 점 강좌'라는 건데, 1년 동안 수강했어. 역시 이름값을 하네. 인생을 풍요롭게 해주잖아?"

"아니, 풍요로워진다는 게 그런 뜻이……."

루이는 어이가 없다는 듯이 말했다.

"그러니까, 그 온라인 강좌에서 배운 카드 점으로 돈을 벌겠다고? 마을에 있는 카페에서?"

"응. 카페에서 날 고용한 건 아니고, 장소를 빌리기로 했어. 주 3회, 오후 1시부터 4시까지. 커피를 마시러 왔다가 카드 점을 한번 볼까 하는 손님이 있을 수도 있고, 카드 점을 보려고 카페를 찾아오는 손님이 있을 수도 있잖아? 상부상조하는 거지."

"상부상조라, 그렇구나……."

루이는 아직 납득이 되지 않는 듯했다.

"나, 강좌에서 우수생이었어. 강사님께 재능이 있다고 칭찬도 받았는걸."

"재능이라, 그렇구나……."

"진짜라니까."

"그렇게 재능이 있으면 내 인생도 좀 점쳐 주지 그랬어?"

데루코는 잠시 뭐라 대답할지 고민했다. 온라인 강좌에 대해서 이야기하지 않았던 것은 사모님의 취미 생활은 역시 다르네 하고 코웃음 칠 것이 눈에 보이는 듯해서였다. 처음에는 취미 수준에 불과했던 것도 사실이다. 그리고 나중이 되어서 '점술사'로서 자신감이 생긴 뒤에도 루이에 대해서만은 점을 칠 마음이 생기지 않았던 이유는⋯⋯.

"가장 소중한 사람에 대해서는 점을 치면 안 되거든. 그런 법칙이 있어."

결국 대충 둘러대고 말았다.

"그런 건 누가 정하는데?"

"점술의 신이."

루이는 전혀 납득이 가지 않는 표정이었지만, 그 정도로 마무리하기로 한 모양이다. 고맙게도.

"무슨 요일에 갈지는 아직 안 정했어. 나중에 다시 얘기하자. 루이가 출근하는 날과 겹치지 않게 할게. 그러지 않으면 하루에도 몇 번씩 차로 왔다 갔다 해야 하니까."

데루코는 화제를 바꿨다.

일하기로 한 카페의 이름은 '마야'라고 한다.

정식 명칭은 '커피 앤 스낵 하우스 마야'다.

"어떻게 그런 곳을 찾았어?" 나중에 루이가 물었다. "루이가 노래할 만한 곳을 찾은 것과 똑같아." 데루코는 그렇게 대답했다. 항상 그렇듯이 루이는 떨떠름하게나마 그렇게 납득하고 넘어가기로 한 것 같다. 하지만 루이가 보기에 이 과정은 여전히 수수께끼투성이로 보일지도 모른다.

물론 다 찾아낼 만한 이유가 있어서 찾아낸 것이다. 그 카페가 이 마을에 있다는 것은 이미 알고 있었다. 아니, 그보다도 그 카페가 이 마을에 있기 때문에 이 근처의 별장지를 선택했다고도 볼 수 있다.

'마야'라는 이름은 '산'에서 따온 것이라고 한다.[*] 이 이름의 유래는 처음 방문한 날, 사장인 겐타로源太郎 씨와 그 파트너 요리코依子 씨에게서 들었다. 두 사람은 산을 배경으로 펼쳐진 자연의 아름다움에 매료되어 이 지역에 카페를 차리기로 결정했다고 한다. 하지만 카페 이름을 '산'이라고 하면 등산용품 전문점 같으니까, 글자 순서를 바꿔

---

[*] 일본어로 '산'은 '야마'라고 읽는다.

서 '마야'라고 정했다. 데루코는 이 이야기가 무척 마음에 들었다. 사장 부부의 인간성이 엿보이는 에피소드라는 생각이 들었던 것이다.

루이의 공연은 한 달에 두 번, 토요일이라고 하기에 데루코는 월요일, 수요일, 금요일에 마야에 가기로 했다. 오늘은 금요일로 '출근' 사흘째였다. 마야는 역 앞 광장에 바로 붙어 있는 거리에서 안쪽으로 한 골목 들어간 곳에 있다. 헌책방, 주먹밥 카페, 쌀국수집이 있는, 오래된 주택을 직접 조금씩 고쳐 만든 작은 가게들이 모여 있는 구역이다. "젊은이들이 운영하는 가게가 도시에서 이전해 오면서 꽤 독특한 분위기의 골목이 되었어요." 젊은이 중에서도 특히 젊은 편일 듯한 요리코 씨가 알려주었다. 데루코가 알아본 바에 의하면 요리코 씨는 스물다섯이고, 겐타로 씨는 스물일곱일 것이다.

마야의 간판 아래에 이전엔 없었던 작은 명패가 매달려 있었다. 스페이드 모양으로 자른 합판을 검은색으로 칠하고, 은색으로 테두리를 두른 핑크색 글씨로 "오토나시 데루코의 트럼프 카드 점 월/수/금"이라고 쓰여 있다. 마야의 간판과 마찬가지로 겐타로 씨가 직접 만들었을 것이다.

데루코는 저도 모르게 미소를 지으며 그 명패를 물끄러미 바라보았다. 오토나시 데루코音無照子. 오토나시는 데루코의 결혼 전 성이다.[*] 데루코가 그렇게 말했으니까 그대로 써 준 것에 지나지 않는데도, 한없이 행복한 기분이 들었다. 마치 몇십 년 전에 생이별을 한 자식을 다시 만난 기분이었다. 데루코는 아이를 낳은 적이 없으니까 이런 기분은 그저 상상에 불과할 뿐이지만, 근사한 상상이다. 그렇다. 정말 멋진 상상.

"좋은 아침이에요. 간판 만들어 줘서 고마워요! 정말 근사해요!"

데루코의 목소리에 카운터 안에 있던 요리코 씨가 돌아보았다. 손님은 없었다. 그렇게 바쁜 가게는 아니라는(사실 이 마을에는 카페가 바빠질 정도로 인구가 많지 않다) 점은 지난번 출근 때 이미 알았지만, 신경 쓰지 않기로 마음을 다잡았다. 요리코 씨나 겐타로 씨도 그다지 신경 쓰지 않는 눈치니까. 그리고 루이에게는 미안하지만 마야에 일하

---

[*] 일본에서는 결혼 후 남편을 따라 성이 바뀌어서 남편과 같은 성으로 불리게 된다.

러 가는 것은 사실 돈 때문이 아니기도 하고. 데루코는 그렇게 생각했다.

"겐타로, 데루코 씨가 간판 진짜 근사하대!"

요리코 씨가 주방 쪽 출입구를 열고 큰 소리로 말했다. 그러자 집 안에서 뭔가를 하고 있던 겐타로 씨가 가게로 들어오면서 "안에서도 들렸답니다~!" 하고 익살을 떨었다. 간판 만드는 과정에 얽힌 이야기가 한바탕 이어진다. 스페이드 모양으로 잘라내느라 고생했다든가, 사실 스페이드의 줄기(?) 부분이 부러지는 바람에 접착제로 붙여놓았다든가. 겐타로 씨가 무슨 말만 하면 요리코 씨는 깔깔 웃었다. 그리고 요리코 씨가 무슨 말만 하면 겐타로 씨는 눈동자를 이리저리 굴리거나, 그래그래 하고 크게 고개를 끄덕인다. 미소가 절로 지어지는 사랑스러운 두 사람이다. 마야에 오면 데루코의 얼굴에는 저절로 미소가 떠올랐다.

가게는 좁아서, 카운터석 다섯 자리와 테이블이 두 개 있을 뿐이다. 데루코는 카운터석의 가장 끝자리에 앉았다. 요리코 씨가 커피를 내려서 가져다주었다. 한사코 돈을 받으려 하지 않아서 난감하지만, 사양하는 것도 이제 포기했다. 게다가 무척이나 맛있는 커피라서(데루코는 커피에 관해서는 일가견이 있다). 커피값 대신 손님 응대나 사소한 잡일같이 두 사람에게 도움이 될 만한 일을 하자고 마음먹었다. 하지만 현재로서는 그런 기회도 아직 잡지 못하고 있다. 기회는 곧 찾아올 것이다. '목적'을 달성할 때까지 여기에 머물 생각이니까.

요리코 씨는 자신들의 몫까지 커피를 내렸다. 요리코 씨는 바깥쪽으로 나와서 카운터석에 앉고, 겐타로 씨는 카운터 안쪽의 의자에 앉아서 커피를 마시기 시작했다. 참 태평한 사람들임에는 분명하다.

"그러고 보니 데루코 씨의 친구분이 '조지'에서 노래하는 거 내일부터 아닌가요?"

겐타로 씨의 말에 데루코는 "맞아요!" 하고 신나서 대답했다.

"굉장히 기대돼요. 매번 가기는 어렵겠지만, 내일은 꼭 보러 갈 생각이에요."

"도쿄에서도 자주 보러 가셨어요?"

요리코 씨가 물었다. 데루코와 루이는 막역한 친구 사이로, 둘 다 도쿄에 살다가 '남편이 세상을 떠난 뒤' 이쪽에 있는 데루코의 별장으로 이주했다는 것이 데루코가 두 사람에게 이야기한 자신들의 프로필이다. 양심에 찔릴 정도의 거짓말은 아니다.

"그럼요."

데루코는 그렇다고 대답했지만 이것 역시 거짓말이었다. 그것도 상당히 양심에 찔리는. 이번에는 두 사람에 대해서가 아니라 루이에 대해서였지만. 루이의 공연은 도심 번화가에 있는 클럽이나 바에서 열렸고, 노래를 시작하는 시간도 거의 밤늦은 시간이었다. 도시로의 아내였을 때의 데루코는 그런 외출을 하기가 힘든 상황이었다. 데루코에게 있어서 루이와 보내는 시간은 그 무엇보다도 중요했다. 그래서 남편을 화나게 만들면서 밤중의 번화가로 외출을 단행했다가 낮이나 저녁 무렵에 루이를 만나는 것까지 금지당하고 싶지 않았다.

그래서 루이가 이 마을에서 노래하는 일을 구한 것은 데루코에게 있어서 뜻밖의 행운 중 하나였다. 이제는 누구에게도 거리낄 것 없이 무대를 보러 갈 수 있다. 너무나 기대되는 일이었다.

"얼마나 멋있는지 몰라요."

이렇게 또 거짓말을 뱉었지만, 이번에는 양심에 거리끼지 않았다. 기가 막히게 멋있을 것이 틀림없으니까.

"우리도 보러 갈까?"

"그러자. 데루코 씨의 친구분도 한번 뵙고 싶어."

"그럼 같이 가요. 다 같이!"

데루코는 기쁨을 감추지 못하며 그렇게 말했다.

이 날은 데루코에게 최고로 기쁜 날이 되었다.

왜냐하면 데루코가 마야에 오고 30분 정도 지났을 때, 도어벨이 딸랑 울리더니 젊은이가 한 명 들어와서 카운터의 요리코 씨를 흘긋 보고 다시 데루코 쪽을 흘긋 보고서는 "트럼프 점을 좀 볼 수 있을까요?"라고 말했기 때문이다.

"물론이죠."

데루코와 요리코 씨의 목소리가 겹쳤다. 동시에 주방 쪽 출입구가 열리고 겐타로 씨가 얼굴을 내밀며 고개를 끄덕였다. 아직 카페 안에 다른 손님이 없었기 때문에 데루코는 테이블석으로 자리를 옮기고, 청년은 그 맞은편에 앉았다.

"커피랑 치즈 케이크, 두 개씩 주세요."

청년은 요리코 씨에게 이렇게 말하고 "저, 커피랑 치즈 케이크 괜찮으세요?" 하고 허둥거리며 데루코에게 물었다.

"저는 괜찮으니까 신경 쓰지 마세요. 트럼프 점 비용만 주시면 돼요."

데루코는 다급히 그렇게 말했다. 점을 치는 비용은 한 번에 천 엔이다.

"하지만 이곳의 치즈 케이크, 맛있거든요."

"저도 알고 있답니다. 바스크풍으로 구웠더라고요. 처음 온 날 먹어보고 만드는 방법도 배웠어요. 지금 집에는 오븐이 없어서 언제 만들어 볼 수 있을지 모르지만요……."

그렇게 말하다가 데루코는 자신이 너무 말을 많이 했다는 생각이 들었다. 다급히 자세를 고쳐 앉고 "자, 그럼 무엇에 대해서 점을 치고 싶으신가요?" 하고 물었다. 청년은 다시 한번 요리코와 데루코를 힐끔거렸다.

"일에 대해서인데요."

"어떤 일을 하고 계신가요?"

"'카피바라'라고, 요 옆옆에서 쌀국수 가게를 하고 있어요. 아, 오늘은 쉬는 날이지만요."

"아, 그 가게 분이시군요. 모쪼록 잘 부탁드립니다. 언제 한번 가보려고 하던 참이었어요."

현재의 경제 사정을 생각하면 마음 편히 외식을 할 수
있을 정도는 아니지만, 데루코는 의례적으로 그렇게 말했
다. 그리고 말한 이상은 경제 상황이 더 어려워지기 전에
루이와 함께 한번 먹으러 가야겠다고 생각했다. 그러고
보니 마야에서 일하게 되고부터 항상 카피바라 앞을 지나
다녔는데, 어째선지 의식한 적이 없었달까, 먹어보고 싶
다고 생각한 적이 한 번도 없었다는 것을 깨달았다. 아무
런 냄새도 나지 않았던 탓이다.

"자, 그럼 이걸 갈라 주세요."

데루코는 트럼프 묶음을 청년에게 건넸다. 그러면서
그를 관찰하기 시작했다. 나이는 30대 중반 정도. 곱슬머
리에 체구는 작다(머리카락이 풍성해서 머리가 무거워 보인
다). 소심하고 착한 사람 같다. 예의가 바르지만 조금 고집
이 세 보이는 부분도 있다. 입고 있는 트위드 자켓은 고급
제품 같지만 상당히 낡았다. 빈티지거나, 어쩌면 아버지
의 옷을 물려받았는지도? 쌀국수를 만들 때도 이런 차림
인 걸까? 아니면 트럼프 점을 본다고 좀 차려입은 걸까?
왼손 약지에는 반지. 기혼자네. 아내는 지금 집에 있을까?

트럼프 점에 대해서는 아내도 알고 있을까? 아니면 아내에게는 비밀로 여기를 찾아온 걸까?

데루코는 트럼프를 배열하기 시작했다. 이 트럼프는 통신강좌를 수료한 기념으로 아오야마의 앤티크숍에서 제법 비싸게 주고 구입한 것이다. 뒷면에는 파란 바탕에 까만색과 금색으로 섬세한 아라베스크 문양이 그려져 있고, 킹과 퀸, 잭, 조커의 그림도 각기 의상의 무늬와 표정까지 독특한 분위기가 있다.

"카드 점을 통해서 가장 알고 싶은 것은 무언가요?"

"직업을 바꿔야 할까 고민 중입니다."

"어머나. 식당을 그만둘 생각이세요?"

"네. 손님이 전혀 오지 않아서요……."

"에이, 그럴 리가요. 우리 카페보다 사람이 많던데요."

요리코 씨가 끼어들었다. 가게가 좁으니까 어쩔 수 없긴 하지만, 상담 내용이 들린다는 것을 감출 생각이 없는 건 좀 곤란한데. 나중에 양해를 좀 구해야겠다고 데루코는 생각했다.

청년은 힘없이 웃었다. 데루코는 카드를 뒤집었다. 하트의 10. 각각의 카드에는 여러 가지 해석 방법이 있지만,

이 경우라면…….

"여기에서 장사를 시작한 것은 언제부터인가요?"

"2년하고 조금 더 되었어요. 그전에는 도쿄에 있었습니다."

데루코의 질문에 대답하면서 청년은 과거사를 이야기하기 시작했다. 결혼을 계기로 이 지역에 와서 장사를 하기 시작했다는 것을 알게 되었다. 도쿄 시절의 이야기에는 그의 아내가 빈번하게 등장하는데, 이쪽에 오고부터는 전혀 언급이 없다는 점이 데루코는 신경이 쓰였다. 카드를 뒤집는다. 스페이드 2.

"정말 알고 싶은 것은 따로 있지 않은가요?"

데루코가 말했다. 청년은 분주하게 눈을 깜빡이고서 다시 한번 데루코를 보았다.

점괘란 상상이다.

데루코가 수강한 트럼프 점 통신강좌 교재의 첫 페이지에 이 문장이 쓰여 있었다. 강사의 이름은 바르베르 데 미치오라고 하고, 교재도 그가 쓴 것이었다.

처음에 교재를 펼쳤을 때는 데루코는 그 말을 별로 깊

이 생각하지 않았다. 하지만 강좌가 진행되면서 재미를 느끼고 매달 과제(게시된 카드 배열을 읽고 점술가로서의 답변을 생각한다)를 제출해서 그 강평을 받다 보니, "점괘란 상상이다"라는 그 말은 정말 지당하다고 생각하게 되었다.

강사에게서 항상 칭찬을 받았다는 것은 사실이다. 그리고 강사가 말해주기 전에 이미 데루코는 자신이 트럼프점에 재능이 있다는 것을 눈치챘다. 점괘는 상상이니까. 데루코에게는 상상력이 있었다. 그것은 결혼 생활을 통해서 획득한 능력이었다.

상상은 데루코에게 취미 비슷한 것이었다. 슈퍼마켓의 계산대 앞에 줄을 선 누군가. 전철이나 자동차에서 문득 눈에 들어온 창밖의 누군가. 만약 내가 저 사람이라면 어떤 인생을 맛볼 수 있을까? 데루코는 항상 상상해 왔다. 현실의 인생이 바라던 바와는 너무나 달랐으니까.

그리고 데루코는 오직 루이에게만 그 속내를 털어놓았다. 다른 사람들 앞에서는 아무런 불만도 없는 것처럼 행동했다. 남에게 이야기해봤자 아무 소용없다는 것을 알고 있었고, 털어놓은 이야기가 소문을 타고 도시로의 귀에 들어가기라도 하면 더욱 바람직하지 않은 사태가 벌어질 같았으니까. 자신이 허세를 부린다고 생각하지는 않았지만, 행복한 듯이 행동하다 보면 그때만큼은 불행하지 않은 기분이 들곤 했다. 그 뒤의 후폭풍이 최악이었지만. 그러다 보니 데루코는 타인의 행동거지(그게 다 꾸며낸 것이라고 말하고 싶지는 않다)에도 민감해졌다. 자기 자신의 행동에 비추어 보아서 아, 이 사람도 절대로 밝힐 수 없는 비밀을 가지고 있구나, 하지만 마치 그런 것이 없다는 듯이 행동하고 있어, 하고 감지할 수 있게 되었던 것이다.

강좌 수료 후, 데루코는 몇몇 지인들에게 트럼프 점을 봐주고, 굉장히 잘 맞는다는 평을 들었다. 하지만 사실 데루코에게 트럼프의 숫자나 문양은 하나의 기호에 지나지 않았다. 데루코가 읽어낸 것은 카드가 아니라 스스로 상상해 낸 이야기였고, 데루코가 들려주는 카드 점의 결과는 그 사람의 내면에 건네는 소소한 조언이나 다름없었다.

"데루코 씨, 굉장해요."

카피바라를 운영하는 청년(이름은 아사쿠라라고 한다)이 점을 보고 자리를 떠나자 요리코 씨가 감탄하며 말했다.

중간부터 가게 안에 들어와 있던 겐타로 씨(아마 밖에서 귀를 기울이고 있다가 참지 못하고 들어왔을 것이다)도 "그래그래." 하고 고개를 끄덕였다.

"마미 씨의 모습이 전혀 보이지 않아서 걱정하고 있었거든요. 역시 싸웠던 거였어요. 데루코 씨는 전혀 모르고 있었을 텐데 그걸 맞추네요!"

마미 씨는 아사쿠라 씨의 아내 이름이다. 볼일이 있어서 도쿄의 친정에 가 있다는 이야기를 요리코 씨가 들은 것이 이미 한 달 전의 일이었다고 한다. 결국 마미 씨는 아직도 친정에 있다는 것 같다. 볼일이 있어서가 아니라 싸워서 집을 나갔던 것이다. 그리고 아직도 화가 풀리지 않았다. 아사쿠라 씨에게 화가 났다기보다는 이 지역의 인습 같은 것에 진저리가 난 상태다. 카드를 뒤집으면서 데루코는 그런 사정을 알아냈다.

"잘 풀리면 좋을 텐데 말이에요."

가게를 그만둘 것이 아니라, 둘이 힘을 합쳐서 인습과 싸우려 노력해야 한다고 점괘는(즉, 데루코는) 아사쿠라 씨에게 일렀다.

"잘 해결되도록 우리도 도울게요."

"맞아, 우리도 도와주자."

요리코 씨와 겐타로 씨는 인습 때문에 자신들도 고생이 많다는 이야기를 한바탕 털어놓았다. 그러고서 겐타로 씨는 다시 한번 감탄했다.

"우리에게도 말하지 못했던 걸 털어놓게 하다니, 데루코 씨는 정말 대단해요."

"어머, 아니에요."

데루코는 부끄러워하다가 그만 아까 아사쿠라 씨가 건넨 점 치는 비용 천 엔을 저도 모르게 팔락팔락 흔들고 말았다.

"대단한 건 루이 쪽이죠. 저보다 훨씬 더."

그렇게 말하고서야 데루코는 오히려 자랑하는 말처럼 들렸다는 것을 깨달았다.

만사가 순조롭게 진행되고 있다.

물론 완벽하게 순조로운 것은 아니고, 문제도 분명 있다.

당연하지. 세상이 그렇게 만만할 리가 없으니까. 데루코는 그런 생각을 하고 있었다. 토요일 아침 모포를 칭칭 두른 채 커피를 마시면서. 맞은편 의자에 앉은 루이 역시 모포를 둘둘 감고 있다. 의자 위에서 무릎을 끌어안은 채 머리끝부터 발끝까지 모포를 뒤집어쓰고 있어서, 도롱이 벌레의 의인화 같아 보였다.

춥다.

이제 막 9월에 접어들었을 뿐인데 아침저녁으로는 제법 싸늘하다. 한랭전선이 통과하고 있다고 하던데(차의 라디오로 일기예보를 들었다) 도쿄에서는 늦더위가 물러가서 좋아하고 있는 모양이지만, 둘이 살고 있는 산속에서는 늦더위라는 것이 아예 느껴지지 않았으니까 기온이 내려가면 당연히 '서늘하다'를 넘어서 '춥다'가 되어버리는 것이다.

"커피 맛있네."

데루코는 긍정적인 감상을 말했다. 실제로 지금은 따뜻한 음식이 가장 고맙게 느껴진다.

"고도 몇 미터더라? 여기."

전혀 긍정적이지 않은 목소리로 루이가 물엇다.

"1500 조금 넘어."

데루코가 대답했다.

"별장지 입구에서의 높이가 그랬지? 여기는 더 안쪽으

로 올라왔으니까 1700은 될 거라고 자랑스럽게 말하지 않았던가?"

"그건 여름 얘기고."

"뭐? 고도가 계절에 따라 달라져?"

"아니, 자랑스럽게 말한 게 여름이라서 그랬다는 얘기야. 시원했지? 고도가 높으니까."

"덕분에, 지금은 춥네. 고도가 높아서."

데루코는 떨떠름하게 고개를 끄덕였다. 고도를 너무 얕봤다. 추울 거라고는 생각했지만, 9월에 이렇게까지 추울 거라고는 생각도 못 했다. 그렇게 주도면밀하게 계획을 세웠는데도. 가스와 전기를 사용하지 못해도 여름에는 시원하니까 에어컨이 필요 없을 테고, 따뜻한 물이 나오지 않아도 가까이에 온천이 있으니까 괜찮을 거라고까지 계산에 넣었는데.

하지만 대처할 방법은 당연히 있다. 분명 있을 것이다. 앞으로 내가 살아가는 곳은 대처 방법이 있는 세계니까. 데루코는 생각했다.

"저거, 작동되나?"

데루코의 시선을 쫓던 루이가 그렇게 물었다. 둘이 보

고 있는 것은 거실 중앙에 설치된 화목 난로였다.

"작동이 된다기보다는, 장작을 때면 따뜻해질 거야. 아
마, 굉장히."

데루코는 대답했다.

"뭐야, 그런 거야? 그럼 장작으로 쓸 나무를 주워 오면
되겠네?"

"그렇게 간단하지가 않더라고."

화목 난로에 대해서는 데루코도 아는 바가 없어서 어젯
밤 스마트폰으로 검색해 보았다(참고로 스마트폰의 충전은
차 안에서 하고 있다). 그리고 역시 자신이 화목 난로라는
것을 얕봤다는 것을 알게 되었다.

"타르가 문젠데 말이야."

"뭐? 그게 누군데? 난로를 발명한 사람이야?"

"나무를 태우면 타르라는 게 나오거든. 그게 연통 안쪽
에 쌓이기 때문에 1년에 한 번은 연통을 청소해야 한대.
그러지 않으면 연통 안의 타르에 불이 붙어서 화재의 원
인이 되거든. 그리고 장작은 나무를 자른 뒤 1년 이상 건
조시킨 것이 아니면 연기만 나고 불이 붙지 않는다는 거
야. 바로 사용할 수 있는 장작은 생활용품점 같은 데서 팔

지만, 굉장히 비싸. 그리고 또⋯⋯."

어젯밤 입력한 지식을 데루코는 루이에게 설명했다. 즉, 현 상황에서 화목 난로를 사용하려면 금전적으로도, 기술적으로도 둘의 힘만으로는 상당히 어려운 상황이므로, 뭔가 대처 방법을 찾아내야 한다는 것이었다.

"아직이야?"

루이가 2층까지 올라왔다. 데루코는 와이드 팬츠와 블라우스를 벗어던지고 원피스를 머리부터 뒤집어쓴 참이었다.

"거의 다 됐어. 거울이 없으니까 잘 모르겠어. 이 원피스, 이상하지 않아?"

"하나도 안 이상해. 그거면 됐어. 이제 슬슬 나가지 않으면 첫날부터 지각한단 말이야."

그렇게 말하는 루이는 검은색의 긴 원피스를 입고 있다. 가슴이 대담하게 파이고 허리 부분에 은색 실로 커다란 장미가 수놓아져 있다. 진짜 멋지다. 데루코는 벌써부터 마음이 들떠 있었다. 루이는 자신에게 어떤 옷이 어울리는지를 확실하게 알고 있다. 그런데 나는 루이의 공연

을 처음 보러 가는 날인데도 뭘 입고 가야 할지도 모르고
갈팡질팡하고 있으니.

"괜찮다니까. 예뻐. 누가 봐도 행복한 사모님 같아."

그게 싫다니까. 이제 행복한 사모님처럼 보이고 싶지
않다고. 데루코는 마음속으로 몰래 투덜거렸지만, 루이를
지각하게 만들 수는 없으니 마지못해 원피스의 지퍼를 올
리고 긴 가디건을 걸쳤다. 이 원피스를 입는다면 가디건
이 아니라 트렌치코트를 걸치고 싶었는데. 그런 차림이라
면 행복한 사모님보다는 성질 나쁜 할멈으로 보일지도 모
른다. 그 발상은 예상외로 데루코의 마음에 들었다. 그래,
그걸 목표로 하자. 성질 나쁜 할멈. 실제로 조금 나쁜 짓을
하고 있기도 하니까.

차를 역 앞 주차장(2시간까지는 무료로 댈 수 있는 인심 좋
은 공영 주차장이다)에 대고, 오후 6시 50분에 '카레와 술
이 있는 곳 조지'에 들어갈 수 있었다. 오후 7시에 문을 여
는데 가게 안에는 이미 손님이 몇 명 와 있었다. 테이블석
하나에 부부처럼 보이는 50대 정도의 남녀가 두 쌍, 총 4
명. 그들보다 조금 더 연배가 있어 보이는 남자가 카운터
에 두 명. 모두가 호기심 어린 눈으로 데루코와 루이를 보

왔다.

"안녕하세요!"

루이가 밝게 인사했다. 쇼 비즈니스 업계에서 인사가 중요하다는 것은 데루코도 알고 있다. 그래도 데루코는 깜짝 놀랐는데, 루이의 그 목소리가, 지금까지 들은 적 없는 것이었기 때문이다. 아마도 이것은 루이의 '업무용' 목소리일 것이다. 굉장해. 순식간에 저렇게 바뀌다니. 쇼 비즈니스용 목소리, 가수의 목소리, 프로페셔널의 목소리다. 맞아, 루이는 프로페셔널이야. 데루코는 새삼 감탄했다.

요리코 씨, 겐타로 씨와는 여기에서 만나기로 약속했기 때문에, 데루코는 사장님(루이는 조지라고 아무렇지 않게 이름을 부르고 있었다)에게 그렇게 말하고 4인용 테이블석에 앉았다. 메뉴를 꼼꼼히 읽어보고 무알코올 맥주를 주문했다. 너무나 아쉽게도 차로 루이를 데려다주는 역할을 맡은 이상, 원칙적으로 데루코는 이 가게에서 술을 마실 수가 없다. 주위를 너무 힐끔거리지 않으려고 조심하며 기다리는 사이에 요리코 씨와 겐타로 씨가 들어왔다. 여기요, 여기. 데루코는 필요 이상으로 큰 목소리를 내며 손을 흔들었다. 빨리 루이와 이들을 만나게 해주고 싶었던 것이다. 루이가 음료를 가져다주었기 때문에 소개할 틈을 낼 수 있었다.

"우리 데루코를 모쪼록 잘 부탁드립니다."

루이가 그렇게 말하는 바람에 요리코 씨와 겐타로 씨는 깔깔 웃었다. "멋있네요." "응, 멋있는 분이다." 두 사람이 입을 모아 루이의 첫인상을 그렇게 말했기 때문에 데루코는 굉장히 기뻤다. 그 시점에 이미 상당히 흥분한 상태였는데, 공연이 시작되자 흥분 정도는 갑자기 측정 불가 수준으로 치솟았다.

가게 안의 조명이 꺼지고, 무대 위만이 희미하게 밝아졌다.

조지 씨가 기타를 연주하기 시작했다. 첫 곡은 〈고엽〉이었다. 루이는 프랑스어로 그 노래를 불렀다.

데루코는 심장이 뛰는 것을 느꼈다.

물론 심장은 항상 뛰고 있었겠지만, 지금 처음으로 심장이 뛴다는 것을 인식한 기분이었다. 피가 온몸을 돌아서 뺨을 뜨겁게 달궜다. 머릿속이 찌릿찌릿해지고 심장이 바쁘게 움직였다. 루이의 노랫소리 때문에, 아니면 노래하는 루이 때문에 온몸의 피가 빠져나갔다가 다시 채워지는 것 같기도 했다. 만약 맛볼 수만 있다면, 새로 채워진 피는 이전의 피보다 훨씬 맛있을 거라고 데루코는 생각했다.

지금까지도 루이와 함께 있을 때면 언제나 좋은 기운이 몸속에 들어오는 기분이 들었지만, 오늘은 특히 더 그랬다. 루이는 원래도 자유분방한 여자지만, 노래하고 있는 루이는 더욱 자유로웠다. 저게 루이야. 데루코는 생각했다. 루이로 꽉 차 있어. 루이의 노래는 루이 백 명분이야. 만 명분일지도 몰라.

"안녕하세요. 루이입니다. 오늘 밤부터 한 달에 두 번, 여기에서 노래하게 되었어요. 자주 찾아주시면 감사하겠습니다."

〈고엽〉이 끝나자 루이는 프로페셔널한 목소리로 자기소개를 하고, 〈상 투아 마미〉를 부르기 시작했다. 내가 아는 노래만 선곡해 주었구나. 데루코는 그렇게 생각했다(나중에 조지가 연주할 수 있는 곡을 선택했다는 사실을 알게 되었지만). 꿈같은 밤이었다. 루이의 공연도, 손님이 혼자서 또는 루이와 듀엣으로 노래를 부르는 시간(데루코는 자신이 노래하는 것은 단호히 거절했지만)도, 조지 씨가 데루코를 배려해서 만들어 준 무알코올 칵테일을 하나씩 마셔보는 것도, 그래서 괜히 취한 듯한 기분에 젖어서 요리코 씨, 겐타로 씨와 대화를 나누는 것도, 전부 처음 경험하는 것뿐이라서, 모든 것이 꿈같이 즐거웠다.

휴식 후 두 번째 무대가 시작되기 전에 루이가 데루코가 앉은 테이블로 다가왔다. 루이는 데루코를 향해 몸을 숙이고는 속삭였다.

"연통 청소, 조지가 해주겠대. 장작도 알아봐 주겠다고 했어."

노래하고 수다를 떨고 웃고 마시고, 이 가게에 들어온 뒤로 루이는 쉴 새 없이 움직이고 있었는데 대체 어느 틈에 그런 이야기를 한 걸까? 데루코는 깜짝 놀라서 역시 루이는 대단해, 하고 새삼 감탄했다.

4
루이

조지가 소형 트럭을 끌고 찾아왔다.

자기가 한 말은 꼭 지키는, 믿음직스러운 남자다. 하루의 시작이 너무 빠르기는 하지만. 루이는 생각했다. 7시에서 8시 사이에 오겠다고 했는데, 지금은 아직 오전 7시도 채 되지 않은 시간이다. 루이는 데루코를 부르러 2층으로 올라갔다. 오늘 아침엔 루이 쪽이 빨리 일어났다. 아무래도 지금 의욕이 넘치는 상태라 그런 것 같다.

데루코는 잠옷(밝은 회색에, 티셔츠를 길게 늘려서 원피스로 만든 모양의 세련된 옷이다. 참고로 잘 때만을 위한 옷을 따로 가져본 적이 없는 루이는 요새 긴소매 티셔츠와 반바지 차림으로 자고 있다)을 벗고 외출복으로 갈아입는 중이다. 데루코가 입으려는 옷을 루이는 빤히 관찰했다.

"왜 그래?"

결국 데루코가 말을 걸었다.

"스커트 쪽이 낫지 않아? 얼마 전에 입었던 자잘한 체크무늬 원피스 예쁘던데."

루이가 말했다. 와이드진에 데루코의 옷치고는 낡은 티셔츠를 입고, 파카를 걸치려던 데루코는 눈살을 찌푸렸다.

"하지만 이제부터 장작을 날라야 하잖아?"

"그런 건 조지더러 해 달라고 하자. 너는 커피나 준비하면서 방긋방긋 웃고 있으면 돼."

"무슨 소리야, 그게."

큰일 났다. 데루코가 발끈했다. 루이는 곧바로 반성했다. 당연히 발끈할 만하다. '커피나 준비하면서 방긋방긋 웃는 것'이 아내의 존재 의의라고 생각하는 남자를 버리고 데루코는 여기에 와 있는 거니까.

그래서 루이는 데루코의 옷에 대해서는 단념하고 조지를 맞이하기 위해 아래층으로 다시 내려갔다. 정작 루이 자신은 트레이닝 바지와 데루코의 것보다 훨씬 더 낡아빠진 티셔츠에 나달나달한 가디건이라는 격의 없는 차림새다. 데루코도 바로 따라 내려왔다. 조지가 이미 도착해버린 것에 당황했는지 세수도 하지 않은 채 루이와 함께 밖으로 나왔다.

"야호!"

루이가 큰 소리로 인사하며 손을 흔들었다.

"야호!"

조지도 벌떡 일어나 마주 손을 흔들었다. 분위기를 띄울 줄 아는 남자다.

"안녕하세요. 아침 일찍부터 정말 고맙습니다."

데루코의 인사는 분위기를 띄운다고 말하기는 힘들지만 인사로서는 나쁘지 않다. 요전에 데루코가 공연을 보러 왔을 때, 조지가 홀린 듯이 루이에게 "데루코 씨는 참 우아한 분이시네요"라고 속삭인 적이 있다. 우아하다는 말을 데루코는 별로 기쁘게 생각하지 않을지도 모르지만, 중요한 것은 '홀린 듯이'라는 부분이다. 사실 지금 루이의 마음속에 있는 '계획'은 그 순간 시작되었다.

트럭의 짐칸에는 장작이 가득 실려 있다. 조지는 조수석에서 사다리와 연통 청소용 도구를 꺼냈다. 조지는 '카레와 술이 있는 곳'을 경영하는 한편, 부업으로 근처 별장지에서 화목 난로의 연통 청소를 의뢰받아 하고 있다고 한다. 우선 집 안에 들어가 연통 모양을 확인하고 싶다는 말에 루이는 슬쩍 데루코의 눈치를 살폈다. 데루코가 고개를 끄덕인다. 안에 들어오라고 해도 괜찮아(우리가 이 집에 불법 침입했다는 것을 들킬 일은 없을 거야)라는 의미일 것이다. 루이, 조지, 데루코 순서로 집 안에 들어갔다.

"어휴, 추워라."

조지의 첫마디였다.

"이 집, 바깥보다 더 추운 거 아니에요?"

하하하 웃어넘겼지만 완전히 농담만은 아닐 것이다. 화목난로를 사용하지 못하면 보통 전기난로나 석유난로를 쓰고 있어야 할 텐데, 이 집에는 아무것도 없으니까.

"전에는 여름에만 와 봐서, 깜빡했지 뭐예요."

바로 데루코가 그렇게 둘러댔다. "그럴 수 있죠." 조지는 그 말에 순순히 납득하고 주위를 둘러보았다.

"꽤 오랫동안 오지 않으셨나 봐요?"

"네에, 그래요. 살다 보면 이런저런 일이 있으니까요."

다시 데루코가 그럴싸하게 대답한다. "그렇죠." 조지는 진지하게 고개를 끄덕였다.

이거라면 지붕에 올라가지 않아도 아래쪽에서 청소할 수 있다고 하기에 뒷일은 조지에게 맡기고 루이는 데루코와 함께 집을 나섰다. 연통을 청소하는 동안 소형 트럭의 짐칸에 실린 장작을 처마 밑으로 옮겨 둘 생각이었다. 두 사람이 장작에 손을 대려는 순간, "아, 기다려요. 잠깐만" 하고 조지가 따라 나왔다.

"이거 써요. 맨손으로 만지면 가시가 박히니까."

오늘 조지는 후드가 달린 파카에 큰 주머니가 여럿 달린 작업용 바지를 입고 있었는데, 여기저기 주머니를 뒤지더니 목장갑을 두 켤레 꺼냈다.

일부러 준비해 온 것인지, 이 지방 사람들은 모두 주머니에 목장갑 몇 켤레 정도는 상비하고 있는 것인지는 알 수 없다. 하지만 조지가 먼저 목장갑을 건넨 것은 루이가 아니라 데루코였다. 좋아, 좋아. 루이는 내심 신이 났다.

"너무 열심히 하지 말고요. 이쪽 일이 끝나면 제가 할 테니까요."

조지는 둘에게 그렇게 말하고는 집 안으로 돌아갔다. 사람 참 괜찮네. 좋은 사람이야. 응, 역시 사람 잘 봤어. 루이는 지금 다시 한번 스스로에게 확인했다.

"사람 참 괜찮지? 조지 말이야."

물론 데루코에게도 확인(이라기보다는 강조)했다.

"뭔가 사례를 해야 할 텐데."

이것이 데루코의 대답이었다. 조금 다른 반응을 바랐지만, 일단은 잘 됐다고 치자. 루이는 그렇게 생각했다.

루이와 데루코가 분투한 결과, 조지가 연통 청소를 끝냈을 때는 트럭 짐칸의 장작을 모두 처마 밑으로 옮겨둘 수 있었다. 둘이 집 안에 들어가자 조지는 시운전이라며 난로에 불을 피워 주었다. 둘에게는 참 고마운 일이었다. 장작에 불을 붙이는 방법을 실제로 배울 수 있었으니까(물론 그 정도는 우리도 당연히 할 수 있다는 얼굴로 바라봤지만).

루이가 아쉬웠던 것은 불꽃이 굵은 장작에 옮겨붙을 즈음에 조지가 돌아가 버렸다는 점이다. 오전 중에 연통 청소 예약이 또 한 건 들어와 있다고 한다. 셋이서 커피를 마시며(데루코가 내린 커피 맛으로 조지를 감동시키고), 팬케이크를 먹을(데루코가 구운 팬케이크로 쐐기를 박을) 예정이었는데. 뭐, 어쩔 수 없지. 성급함은 금물이다. 조지라면 모를까 데루코는 이래 봬도 제법 만만찮은 여자니까. 결국 둘이 마주 앉아 커피(역시 맛있다!)와 치즈 토스트(팬케이크는 아니지만 이건 이것대로 맛있다)로 아침을 먹으면서 루이는 머리를 굴렸다.

화목난로 안에서 장작불이 일렁이자 9월 말 한랭지의 집 안은 충분히 따뜻해졌다. 루이가 하품을 하자 데루코도 따라서 하품을 했다. 둘은 2층으로 올라가서 누가 먼저랄 것도 없이 옷을 입은 채 침대에 누웠다. 5분, 10분만 눈을 붙이려던 것이 어느새 곤히 잠들어 버렸다. 사실 둘 다 입밖에는 내지 않았지만, 장작 나르기가 제법 고되었던 것이다. 이번에는 데루코가 먼저 잠에서 깼다. 루이가 일어나 아래층으로 내려가자 점심을 준비하는지 맛있는 냄새가 풍겨왔다.

"푹 자버렸네."

"나도 완전 푹 잤지 뭐야."

이런 대화를 주고받고는 데루코가 김이 나는 냄비를 날라왔다. 돈지루*인 것 같다. 그리고 갓 지은 밥. 반찬으로

※ 돼지고기와 각종 채소 건더기를 많이 넣어 끓인 된장국의 일종.

달달한 계란말이와 낫토가 오늘의 점심 메뉴였다.

"이제 어쩌지 싶더라."

달걀말이에 곁들인 무 간 것에 간장을 뿌리면서 데루코가 걱정스럽게 말하는 바람에 루이는 깜짝 놀라서 "어? 뭐가?" 하고 물었다. 조지에 대한 말이라고 생각한 것이다.

"겨우 그 정도 장작을 날랐다고 이렇게 피곤하니 말이야. 자신이 없어졌어."

아, 그 얘기구나. 루이는 안도하면서 동시에 자신도 지금 조금은 걱정하고 있다는 것을 깨달았다.

"아니, 피곤해서가 아니라 아침에 일찍 일어난 탓이 클 거야."

루이는 이렇게 말했다.

"게다가 겨우 그 정도의 장작이라니. 제법 양이 많았어. 조지가 자기가 쓰려고 저장해 두었던 것을 나눠준 거야."

"그건 그래. 조지 씨에게 정말 미안하네. 철회할게. 내가 말하고 싶었던 건 장작이 아니라, 내 체력의 양이 얼마 안 된다는 거였어. 잔량이라고 말하는 편이 나으려나."

"잔량이라니 무슨 소리야."

루이는 돈지루를 들이키다가 너무 힘을 주는 바람에 사

레가 들렸다.

"우리가 도시에서 살다 보니 몸이 굳어서 그래. 여기에서 지내다 보면 다시 체력이 붙을 거야. 아직 한참 남았는걸. 못 할 게 뭐 있어."

"그래……. 그렇겠지?"

데루코는 방긋 웃었다. 조금 마음을 바꿔 먹은 모양이다. 다행이다. 그렇게 나와야지.

"장작도 곧 트럭 몇 대분은 나를 수 있게 될 거고, 연통 청소도 할 수 있게 될지도 모르고, 또 사랑인들……."

"응. 역시 고구마를 넣으니까 맛있네."

루이의 마지막 말은 돈지루에 대한 데루코의 감상으로 덮여버렸다.

오늘은 수요일, 데루코의 '출근' 날이다. 루이도 함께 가기로 했다. 데루코에게 조지에 대해 좀 더 이야기해보고 싶기도 했고, 조지 쪽의 동태는 어떤지 살펴보고 싶기도 했고, 데루코가 트럼프 점을 치는 모습도 보고 싶었기 때문이다. 다만 트럼프 점을 보는 손님은 한 명도 없는 날이 더 많다고 해서, 기대는 거의 하지 않고 있었다.

"처음으로 허락을 해줬네. 무슨 심경의 변화야?"

루이는 지금까지 여러 번 마야에 같이 가고 싶다고 데루코에게 말을 꺼냈지만, 항상 "내가 좀 더 익숙해진 다음에 와 줄래?"라고 데루코가 거절했던 것이다.

"네가 하도 끈질겨서 그래. 그렇게 가보고 싶다고 하니까 할 수 없이 오라고 한 거지. 그리고 이제 좀 익숙해지기도 했고."

이제 완전히 능숙한 솜씨로 산길을 운전하면서 데루코는 대답했다. 뭔가 묘하게 기분 좋아 보인다. 이것은 어쩌면 '조지 효과'가 아닐까?

"와, 루이 씨."

"루이 씨 오셨어요?"

데루코와 함께 마야에 들어가자 젊은이 두 사람이 해맑게 환호하며 맞아 주었다. 겐타로와 요리코라고 했던가? 만나는 것은 지난주에 데루코와 함께 공연을 보러 와 준 이후로 처음이다.

"야호!"

루이는 만면에 웃음을 띠고 대답했다.

손님은 한 명도 없었다. 데루코는 정해진 위치인 듯한

카운터 끝자리에 앉고, 루이는 조금 떨어진 테이블을 골랐다. 만약 점을 보고 싶어 하는 손님이 들어오면 데루코와는 모르는 사람인 척할 생각이다.

"뭘 주문할까나."

루이가 중얼거렸다.

"요리코 씨가 내리는 커피는 굉장히 맛있어. 일품이야" 하고 데루코가 말했다. 이상할 정도로 강조를 하네 생각하면서 루이는 커피를 부탁했다. 곧 루이와 데루코, 그리고 겐타로와 요리코 모두의 앞에 커피가 놓였다. 과연, 여유가 넘치는 카페네 하고 루이는 생각했다. 장사가 잘될지는 좀 불안하지만, 어쨌든 데루코에게는 딱 맞는 곳이다.

커피는 정말로 데루코가 내리는 커피에 필적하는 맛이었다. 심플하고 하얀 컵과 컵받침도 감성이 느껴져서 좋다고 데루코는 생각할 것 같다(루이 자신은 그릇이라는 것에 그다지 신경을 써본 적이 없다). 데루코에게 딸이 있다면 이런 느낌이지 않을까? 루이는 그렇게 생각하면서 다시 한번 요리코를 바라보았다. 딸이라고 부르기에는 너무 젊은가? 손녀뻘 되는 나이다. 루이의 시선을 눈치챈 요리코가 웃으면서 고개를 갸웃했다.

"요리코와 겐타로는 원래 이 지역 사람이에요?"

루이의 질문에 요리코에게서 도쿄라는 대답이 돌아왔다.

"전 도쿄에서 태어나서 도쿄에서 자랐어요. 겐타로는 규슈 출신이고요. 저도 부모님의 고향은 규슈라고 들었어요."

"규슈 어디?"

"겐타로는 가라쓰唐津, 저는 사세보佐世保 쪽이라고 하더라고요."

"……세상에."

루이의 목소리가 불안정하게 흔들렸다. 사세보라는 지명을 듣고 동요한 탓이다. 한때 거기에 살았었다고 말해야 할까? 루이는 말하지 않기로 했다. 데루코 쪽을 슬쩍 살폈다. 데루코는 루이의 과거에 대해서 대충 알고 있지만, 아무것도 모른다는 얼굴로 시치미를 떼고 있다. 자기 손톱만 들여다보는 모습에서 상당히 부자연스러운 티가 나기는 했지만.

"그럼 둘 다 부모님은 규슈에 계세요?"

대화를 이어가기 위해 루이는 그렇게 물었다. 겐타로의 부모님은 가라쓰에 거주 중이고, 요리코 쪽은 중학생 때 부모님이 이혼해서 어머니와 함께 살았는데, 그 후 어머

니는 이탈리아인과 결혼해서 지금은 시칠리아에 있다고
한다.

"루이 씨의 가족은요?"

겐타로가 루이에게도 물어왔다. 물어서 안 될 질문이라
고는 전혀 생각하지 않을 것이다. 물론 물어봐도 상관없
다. 이런 질문은 지금까지 때와 장소를 막론하고 수도 없
이 받아왔고, 답변은 확실히 준비해 두었으니까.

"으음…… 어딘가에 있기는 할 텐데 말이에요."

"네?"

겐타로와 요리코가 얼굴을 마주보았다.

"내 미래의 남편 말이에요."

루이는 이렇게 말을 이었다.

"어딘가엔 분명 있을 텐데, 아직 만나지를 못했지 뭐예
요."

호호호호. 데루코가 소리 높여 웃었다. 아하하하하. 덕
분에 젊은이 두 사람도 지금이 웃을 타이밍이라는 것을
이해한 모양이다.

남편이라.

미래의 남편이 어딘가에 있을런지는 사실 의심스럽지만, 과거에는 두 명 있었다.

　둘 다 이미 죽어버렸다. 첫 남편이었던 사람은 3년 전에, 두 번째 남편(혼인 신고를 하지는 않았으니까 정확히는 남편이 아니었지만)은 40년 정도 전에. 두 번째 남편이 죽은 것은 사고 때문으로, 그는 그때 아직 서른다섯이었다. 하지만 첫 번째 남편의 사인은 신문 부고란의 기사에 의하면 폐암으로, 82세까지 살았으니 내가 재수 없는 여자인 탓은 아닐 거라고 루이는 생각하기로 했다.

　첫 남편과 결혼한 것은 스물두 살 때였다. 그는 15세 연상이었다. 좋은 사람이었다. 루이를 보고 낳지 말 걸 그랬다고 내뱉던 어머니나 거기에 동조하던 아버지, 루이에게 가장 많이 하는 말이 '멍청이'였던 오빠나 언니보다는 훨씬 더. 당시의 루이에게는 처음으로 칭찬을 해준 사람도, 처음으로 울타리가 되어 준 사람도, 처음으로 내 편이 되어 준 사람도 그였다.

　그는 사업가 아버지를 둔 도련님으로, 도쿄에 있으면 영영 철부지 취급을 받을 뿐이니까 지방에 가서 자기 사업을 시작해야겠다고 생각했다. 그래서 루이와의 결혼을 계기로 향한 곳이 사세보였다. 그 항구 마을에서 그는 재즈바를 경영했다. 그 바에서 루이는 두 번째 남자를 만나고 말았다. 두 번째 남자는 다섯 살 연상의 재즈 베이시스트로, 첫 번째 정도로 좋은 남자는 아니었지만 매력적이었다. 루이는 그와 사랑에 빠졌다. 아니, 사랑이라는 것이 이런 것이라는 걸 그때 처음 알았다. 지금까지 첫 번째 남자에게 품고 있던 마음이 사랑이 아니었다는 것도. 루이는 사랑에 몸을 던졌다. 그로부터 겨우 4년 만에 그가 차에 치여 죽을 거라고는 꿈에도 생각하지 못한 채. 그리고 모든 것을 잃고 말았다. 모든 것을.

커피를 다 마시고 나자 루이는 점점 마음이 불편해졌다.

일단은 손님이 없었다. 데루코가 점을 치는 모습도 볼 수가 없고, 요리코와 겐타로도 할 일이 없는지 루이에게 신경을 쓰면서 뭐라도 좀 더 대화를 해야 하나 안절부절 못하는 것 같았다.

"나, 조지와 할 얘기가 있어서 잠깐 갔다 올게."

그렇게 말하며 자리에서 일어섰다.

"다시 이리로 올 거야?"

테루코가 묻는다. 점을 보는 손님이 없는데도 굉장히
다시 와 주었으면 하는 눈치였다. 왜 그럴까 생각하면서
루이는 "봐서. 전화할게" 하고 대답하고 자신과 테루코 몫
의 커피값을 치르고 가게를 나섰다. "감사합니다. 또 오세
요!" 겐타로와 요리코의 밝은 목소리가 등 뒤에서 들려와
뭔가 몸 둘 바를 모르겠는 기분이 들었다. 그렇다. 마야에
있으면 마음이 불편한 것은 이 '몸 둘 바 모르겠는' 기분
때문이다. 나쁜 기분은 아니다. 대체 왜 그러는지는 수수
께끼지만. 어쨌든 조지의 가게에서 두 시간씩 버틸 수는
없으니까, 마야로 돌아오지 말고 혼자 집으로 돌아가기로
마음먹었다. 마을과 별장지 사이에 버스편이 있다는 것을
알게 되고서 운전면허가 없는 루이도 이전보다는 외출하
기가 쉬워졌다.

'카레와 술이 있는 곳 조지'는 당연히 아직 문을 열기 전
이었지만, 가게 문은 항상 그렇듯이 쉽게 열렸다. 조지도
항상 그렇듯이 카운터 안의 의자에 앉아서 웬일로 문고본
책을 읽고 있다.

"야호!"

"어라. 뭐가 잘 안 됐어요?"

연통 청소에 대해 묻는 모양이다. "아니요, 전혀 문제 없어요. 그땐 고마웠어요." 루이는 방긋 웃으며 감사의 뜻을 전하고 카운터의 의자에 앉았다. 그러고 나서 잠시 동안 덕분에 난로를 사용할 수 있게 되어서 자신도 '데루코도' 진심으로 고마워하고 있다고 요란스레 떠들었다.

"지금요, 데루코가 마야에 와 있어요."

"아, 점 보는 날인가요?"

좋았어. 저번에 이야기한 것을 확실히 기억하고 있는 모양이다.

"뭐 마실래요? 맥주?"

"물이면 돼요."

그렇게 말했지만 조지는 냉장고에서 캔맥주를 두 개 꺼내왔다. 조지가 맥주를 따기에 루이도 따라서 땄다. "건배"라며 내밀어진 캔에 자신의 캔을 부딪힌다.

"해보고 싶지 않아요?"

갑자기 떠오른 생각에 루이는 말을 꺼냈다. 그래, 그게 좋겠다. 조지를 데려가서 (어차피 한가해 보이니까) 데루코에게 트럼프 점을 보게 하면 되는 것이다. 그러면 그에 대해서 더 많은 것을 알 수 있을 테니까.

"해보다니, 뭘요?"

"그러니까, 트럼프 점 말이에요. 데루코가 하는. 굉장히 잘 맞는대요."

본 적이 없으니 확신할 수는 없지만, 루이는 일단 그렇게 말했다.

"나는 점 같은 건 안 믿어요."

조지는 맥주를 들이켜고는 건방진 초등학생 같은 말투로 말했다.

"점이라기보다는 데루코의 인생 상담 같은 거예요."

"고민, 없는데."

"오, 정말요? 고민이 없다니?"

"없어요. 루이는 있어요?"

"있어요."

"말해봐요."

"싫어요."

어린애들의 말싸움이 되어버렸다. 어쩌지, 어디서부터 잘못된 걸까? 데루코에 대한 얘기를 좀 더 해볼 생각이었는데.

"점은 모르겠는데, 데루코 씨는 참 좋은 사람 같아요."

갑자기 조지가 그렇게 말해서 루이는 환희의 비명을 지를 뻔했다.

"그럼요. 그렇고 말고요. 그렇게 보이죠?"

조지는 고개를 끄덕이며 수줍은 어린애 같은 표정으로 아까 읽고 있던 문고본 책을 카운터 위에 올려놓았다.

"그런 사람을 보면 생각이 많아져요. 그래서 일단 책이라는 것을 읽어 보기로 했어요. 뭐부터 읽어야 할지 모르겠어서 유명한 걸로 골라봤어요."

루이는 그 책을 보았다. 다자이 오사무의 《인간실격》. 루이는 책에서 조지에게로 시선을 옮겼다.

"……사실은 고민 있는 거 아니에요?"

"아니. 없어요. 진짜로. 그런 거 아니에요."

조지는 허둥지둥 책을 숨겼다. 수상쩍었지만 그것이 루이의 '계획'에 있어서 길조일지 흉조일지는 아직 가늠이 되지 않았다.

조지.

본명 아즈사가와 조지梓川讓二. 57세. 이혼 두 번. 자녀는 없음. 나가노현 남부 출신이라고 한다. 모두 본인 입에서 나온 말이니까 사실 여부는 알 수 없지만, 굳이 거짓말을 할 이유도 없을 거라고 루이는 생각하고 있다. 나이보다는 조금 젊어 보이지만, 어쩐지 이 남자는 중학생 때부터 50대 남자의 외모를 가졌던 게 아닐까 싶기도 하다.

이 마을에 '카레와 술이 있는 곳 조지'를 연 지 10년이 넘었다고 한다. 그 전에 무엇을 하고 살았는지는 아직 물어보지 않았고 딱히 짚이는 점도 없었다. '책이라는 것'과는 거리가 먼 인생이었다는 것은 방금 알게 되었다.

머릿속으로 조지의 프로필을 정리하면서 루이는 마야의 문을 열었다. 결국 캔맥주 두 캔과, 그 뒤로 와인 한 병을 조지와 둘이서 다 비우는 바람에 제법 많이 취했다. 이미 오후 3시를 넘긴 시간이기도 하고, 버스로 돌아가는 것이 썩 내키지 않기도 해서 루이는 마야로 돌아오고 말았다.

"루이!"

데루코가 기쁜 듯이 큰 소리로 루이를 불렀다. 데루코만이 아니라 겐타로와 요리코도 흥분한 얼굴로 루이를 보고 있다. 2시간 남짓 자리를 비웠을 뿐인데, 굉장한 환영 무드에 루이는 당황했다.

"루이, 들어봐. 그 뒤로 점을 보러 온 손님이 두 명이나 있었어!"

"카피바라의 아사쿠라 씨가 소개해 주었대요!"

"굉장히 잘 맞는다고, 두 사람 다 깜짝 놀랐어요. 친구들에게도 홍보해 주겠다고 했어요!"

"루이도 봤으면 좋았을 텐데! 전화해서 도로 오라고 할까 고민했다니까!"

그랬구나. 축하할 일임이 분명하다. 데루코가 '일'하는 모습을 보지 못한 것은 아쉽지만. 루이는 커피를 부탁하고 아까와 같은 자리에 앉았다.

"조지를 데리고 오려고 했는데, 손님이 둘이나 있었으면 어차피 조지 차례까지는 못 왔겠네."

저도 모르게 루이는 그렇게 중얼거렸다.

"조지 씨도 흥미를 보이던가요?"

겐타로가 바로 관심을 보이며 물었다.

"지금이라도 오시면 좋을 텐데."

요리코도 거들었다.

"오늘은 안 돼요. 이미 취했으니까."

루이는 황급히 그렇게 말했다.

"뭐야, 의논할 게 있다면서 술 마셨어?"

데루코가 어이없다는 듯이 말했다.

"너도 부를까 했는데 일하는 중이라서 참았어. 오고 싶었어?"

"그럴 거면 여기서 다 같이 마시면 좋았을걸."

데루코가 그렇게 대답하자 모두가 웃었다. 응응, 조지에 대한 데루코의 반응은 나쁘지 않아. 루이는 다시 한번 그렇게 생각하면서 아까 느꼈던 '몸 둘 바 모르겠는 기분'에 다시 시달리고 있었다. 어떡하지. 루이는 데루코를 봤다가 요리코를 보고, 또 겐타로를 보았다. 여유로운 분위기가 가득한 장소. 그런 곳이라서 이렇게 몸 둘 바를 모르겠는 걸까? 여유로운 것만이 아니라 행복한 분위기가 느껴진다. 행복한 장소. 그 행복이 나를 공격해서 이렇게 몸 둘 바를 모르게 만드는 걸까? 역시 잘 모르겠다. 여기는 수수께끼다.

손끝이 부드러운 것에 닿는 촉감이 느껴졌다. 실제로 닿아 있는 것은 아니다. 때때로 머릿속에서 되살아날 뿐이다. 그리고 평소처럼 꺄르르하는 높은 웃음소리가 머릿속에 울려 퍼진다. 루이는, 그것을 무시했다.

결국 그날 루이는 데루코의 '근무'가 끝나는 4시까지 마야에 있었다. 그 후 데루코가 장을 보고 싶다고 해서 슈퍼마켓에 들렀다. 루이는 평소처럼 카트를 밀면서 데루코의 뒤를 따라 걸었다. "어머, 신선한 전갱이가 나왔네. 한 마리는 회로 하고, 한 마리는 튀길까? 어때?" 데루코에게 이런 질문을 받은 루이는 "응응." 하고 대답하며 고개를 끄덕였다. 마치 어린애 같다는 생각에 루이는 문득 기가 막혔다.

그러게. 루이는 생각했다. 여기에 오고부터 나는 완전히 데루코의 아이나 다름없는 상태다.

물론 지금의 생활이 거의 데루코의 계획에 따른 것이라는 이유도 크지만. 앞뒤 생각하지 않고 시니어 레지던스를 뛰쳐나와서 울면서 매달린 것은 나지만. 차가 필수인 시골에서 운전을 못 한다는 것도 문제지만……

그래도 도쿄에서 가끔씩 데루코를 만날 때는 내가 계속 데루코에게 의지가 되어 주었는데. 굳이 말하자면 내가 엄마고 데루코가 아이 쪽이었는데. 적어도 내가 언니고 데루코가 동생 같았는데.

물론 그것이 나쁘다고는 생각하지 않는다. 데루코의 성

장이랄까, 생각도 못 했던 일면이 드러난 것은 축하해 주어야 할 일이다. 하지만, 아무래도 이대로는 마음이 편하지가 않다. 나도 도움이 되고 싶은데. 루이는 요즘 계속 그런 생각을 하고 있었다.

그래서 '계획'을 세웠던 것이다. 데루코에게 사랑을 하게 하자는 계획을. 상대는 조지. 생애의 반려로 삼기에 적합한지는 잘 모르겠지만, 남은 생이 우리에게 그렇게 길게 남은 것도 아니고, 꼭 결혼하거나 같이 살지 않더라도 사랑은 할 수 있는 거니까. 옷 입는 센스만 제쳐두면 조지가 제법 괜찮은 남자인 것은 틀림없다. 오랫동안 갈고닦아 온 나의 촉에 의하면 그렇다. 적어도 데루코가 오래 같이 살았던 그 남자보다는 훨씬 낫다. 백배는 낫지, 그럼. 나는 데루코에게 알려주고 싶다. 남자는 좋은 것이라는 사실을. 세상에는 형편없는 남자도 분명 있지만, 괜찮은 남자도 분명 존재하며, 훌륭한 남자는 아주 끝내준다는 것을.

5
데루코

"뭔가 운동부 합숙 같은 느낌이다."

루이의 말에 데루코는 "뭐가?" 하고 되물었다.

"우리 말이야. 이러고 있는 게."

"하하하. 진짜 그러네."

"좋아?"

루이는 쓴웃음을 지었다. 데루코와 루이는 둘 다 오리
털 패딩을 입고 있다. 데루코가 빨강, 루이가 핑크. 운동부
합숙이라고 하기에는 화려(특히 루이의 것은 형광 핑크다)
한 데다, 애초에 운동부 사람들이 패딩을 입고 운동을 할
지도 의심스럽지만, 유쾌하다는 것만은 틀림없다.

이 패딩 점퍼는 마을에 있는 의류 할인매장에 둘이 같이 가서 구입한 것이다. 타격이 컸지만, 꼭 필요한 지출이었다. 10월 하고도 중반을 넘어서자 기온은 한층 더 떨어졌는데, 둘이 가져온 코트(특히 루이의 청록색 인조 모피 롱코트)를 입으면 너무 눈에 띄기 때문이다.

"하지만 운동부 사람들은 소형 트럭을 타진 않을걸?"

데루코가 그렇게 말한 것은 소형 트럭을 운전한다는 것에 너무 신이 나 있었기 때문이다. 소형 트럭은 조지에게서 빌렸다. 조지는 자신이 운전하겠다고 말했지만, 데루코는 사양했다. 이 이상 그에게 의지할 수는 없는 노릇이고, 소형 트럭을 운전해 보고 싶은 마음도 있었다. 그리고 그 외의 일들도 우리 스스로 해내고 싶었으니까. "우리의 긍지 문제예요"라고 말하자, 조지는 바로 이해하지는 못한 듯했지만 납득해 주었다. 어쩌면 조지는 뭐가 금지되어 있나 하고 생각했을지도 모르겠다. 루이는 사실 조지가 와 주기를 바라는 것 같았지만.

루이가 하품을 했다. 지금은 오전 7시를 막 지난 시간. 사람은 물론 차도 거의 보이지 않았다. 이른 아침의 도로를 소형 트럭은 덜컹거리며 달렸다.

조지의 소형 트럭에는 다행히도 내비게이션이 달려 있어서, 데루코는 거기에 목적지의 주소를 입력했다. 그것은 인근 도시에 있는 건설 회사의 주소였다. 그 회사 부지에서 오늘 오전 9시부터 자투리 목재를 무료로 나누어 준다고 한다. 데루코는 며칠 동안 '장작 무료 나눔'으로 검색한 끝에 이 정보를 발견했다.

"자투리 목재의 좋은 점은 말이야, 이미 완전히 건조되어 있다는 거야. 막 벌채한 나무는 무료로 받아와도 바로 사용할 수가 없잖아? 게다가 무겁고, 난로에 들어가는 길이로 잘라야 하고 말이야. 자투리 목재는 그렇게 크지 않을 거야. 아무래도 자투리니까."

검색하면서 얻은 지식을 데루코는 득의양양하게 설파했다.

"하지만 왜 이렇게 아침 일찍 나서야 하는 거야?"

루이는 또 하품을 했다.

"경쟁이 치열해서 그래. 선착순이거든. 아무래도 무료니까 말이야."

그럼에도 데루코는 곧 자신이 경쟁률을 얕봤다는 것을 깨달았다. 점점 차가 많아진다 했더니, 그 차들은 모두 같은 건설 회사로 향하고 있었다. 회사 문 앞에는 이미 차량들이 줄을 서 있었다. 둘의 소형 트럭은 앞에서 12번째였다.

문에 열리기까지 1시간 정도를 둘은 '좋아하는 것 끝말잇기'를 하면서 기다렸다. 우선 데루코가 "루이."라고 말하자, 루이는 쑥스러워하며 "이, 이불."이라고 이었다. "불, 불꽃놀이." "이, 이층집." "집, 집시." "시, 시행착오." "오, 오, 오⋯⋯오이." "또 이야? 너 지금 일부러 그러는 거지? 그리고 오이를 좋아한다니, 말도 안 돼. 너 원래 오이 싫어하잖아!" "왜, 그럴 수도 있지. 전엔 싫어했지만 지금은 좀 괜찮지 않나 싶단 말이야." 데루코가 그렇게 말하자 루이는 "그래, 그럴 수도 있지." 하고 넘어갔다. "이, 이, 이, 이탈리아." "너 이탈리아를 좋아했어?" "전에는 별 관심 없었는데, 요새는 괜찮지 않나 싶더라고." 루이의 말에 둘은 웃음을 터뜨렸다.

줄 서 있던 차들이 움직이기 시작했다. 회사 부지 내로 들어가자 내부는 생각보다 훨씬 더 넓었고, 자투리 목재는 한 곳이 아니라 몇 군데로 나뉘어 산처럼 쌓여 있었다. 양도 충분히 많아서, 이 정도 순서라면 허탕 칠 일은 없어 보였다. 데루코는 천천히 트럭을 이동시켜서 목재를 싣기 쉬운 지점을 찾았다. 딱 좋은 위치를 찾아서 차를 대려고 하는데, 뒤에서 검은색 지프가 끼어들었다. 데루코가 얼른 핸들을 틀지 않았다면 부딪혔을 것이다. 데루코도 루이도 몸을 가누지 못할 정도로 차가 흔들렸다. 흔들림이 멈추자 루이가 당장 달려들 기세로 차 문을 열었다.

"이봐요! 위험하잖아요!"

성량 좋은 루이의 목소리가 싸늘한 가을 아침의 공기를 가르며 울려 퍼졌다. 데루코도 차에서 내렸다. 뒤늦게 지프에서도 남자 한 명이 내렸다. 검은색 가죽 자켓에 청바지를 입은 40대 중반 정도 되어 보이는 남자다. 얼굴에 희미하게 웃음을 띠고 있다.

"아이고 저런. 여기는 약육강식의 세계니까 알아서 조심하셔야죠."

어이없게도 남자의 입에서 나온 것은 이런 말이었다. 사과할 생각도 없는 모양이다. 데루코는 기가 막힌 나머지 말문까지 막혔다(문신 팔토시를 하고 올 걸 그랬다고 생각했다. 이번에도 거리가 너무 가깝기는 했지만, 살짝만 보여주면 효과가 있지 않았을까?).

"댁은 그러고 사나 보죠? 형편없는 인생이구만."

루이가 호통을 쳤다. 데루코 역시 루이의 말에 동의한
다는 듯 "응응!" 하고 세차게 고개를 끄덕였다. 남자는 여
전히 빙글거리고 있다.

"이제 됐잖아요. 부딪치지도 않았는데. 노인네들 상대
할 시간은 없거든요. 제가 좀 바빠서."

"이런 염치없는 놈을 다 봤나."

등을 돌린 남자를 향해 그렇게 말한 것은 루이도 데루
코도 아닌, 갑자기 나타난 자그마한 노파였다. 데루코와
루이보다 훨씬 더 나이가 있어 보였다. 여든은 족히 넘지
않았을까? 낡은 작업용 멜빵바지에 짧은 베이지색 코트를
걸치고 보라색 베레모를 쓴 아주 멋스러운 차림새였다.

남자는 뒤를 돌아보고는 혀를 찼다.

"내가 계속 보고 있었어요. 그쪽이 잘못했더군요."

"댁은 뭔데 끼어들어요?"

"그쪽 같은 사람에게 내가 누군지 알려주고 싶지 않네
요."

남자는 다시 한번 희미하게 웃음을 보였다. 그러고는
크게 한숨을 내뱉었는데, 뭘로 봐도 일부러 그런다는 게

티가 나서 나름 타격을 입었다는 것을 알 수 있었다. 그걸 보자 데루코는 쿡쿡 웃음이 나왔다. 남자처럼 희미한 웃음이 아니라 진짜로 소리 내어 웃었다. 하하하하! 루이도 웃음을 터뜨렸다. 베레모를 쓴 노파까지 호호호호 하고 소리 높여 웃었다. 남자는 다시 한번 혀를 차고는 지프차 뒤로 몸을 숨겼다. 적어도 데루코에게는 그렇게 보였다. 사실은 목재 쪽으로 걸어갔을 뿐일지도 모르지만.

데루코와 루이가 노파에게 감사 인사를 하자, 노파는 미소 지으며 손사래를 쳤다.

"내가 차를 좀 뺄 테니까 이쪽으로 차를 대요. 그래야 싣기 편할 거예요."

놀랍게도 그 노파도 소형 트럭을 끌고 와 있었다. 차에 타더니 능숙하게 차를 이동시켰다. 빈 공간에 데루코가 자신의 트럭을 세우자 과연, 훨씬 짐을 싣기 좋은 위치가 되었다.

"나는 우다가와 시즈코宇陀川静子라고 해요."

트럭에서 내려서 노파는 자기소개를 했다. 데루코와 루이도 각각 이름을 말했다. 그러고선 잠시 말이 끊어졌다.

"별장지에 사세요?"

곧 시즈코 씨가 그렇게 물었다.

"네."

잠시 망설였지만, 데루코는 방긋 웃으며 그렇게 대답했다.

"다음에 또 만날 수 있으면 좋겠네요."

"네. 꼭 그랬으면 좋겠네요."

데루코와 루이가 노파의 소형 트럭에 목재를 싣는 것을 돕겠다고 나섰지만, 노파는 손사래를 치며 사양했다.

"약육강식의 세계니까요. 여러분도 자기 몫을 실어야죠."

그 말에 셋이서 다시 한번 웃음을 터뜨리고, 데루코와 루이는 목재를 트럭에 싣기 시작했다. 데루코가 미리 알아본 것처럼 자투리 목재는 크기도 무게도 다루기 쉬운 편이었지만, 소형 트럭의 짐칸에 가득 채우려면 당연히 그만큼의 노동력이 필요했다. 목재를 다 실었을 때쯤에는 둘 다 이전에 장작을 날랐을 때 이상으로 녹초가 되어버렸다. 그리고 정신을 차려보니 얼마 남지 않은 목재 더미 저편에는 시즈코 씨도, 시즈코 씨의 소형 트럭도 이미 보이지 않았다. 마치 처음부터 없었던 것처럼.

"시즈코 씨의 트럭, 언제 나갔는지 혹시 봤어?"

루이가 묻자 데루코는 고개를 저었다. 시즈코 씨 혼자서 우리 둘보다도 빨리 목재를 신고 트럭을 끌고 가버렸다고? 어쩐지 시즈코 씨라면 그것도 가능할 것 같다는 생각이 들기도 하고…….

신기하면서도 유쾌한 기분 그대로, 둘은 트럭에 올라탔다. 그제야 들어오는 차도 있었지만, 목재는 아직 남아 있었다. 그걸 보고 데루코는 안심했다. '약육강식'도, '선착순'도 좋아하지 않는다. '싫어하는 것 끝말잇기'를 한다면 분명 이 두 단어가 나올 거라고 데루코는 생각했다.

안내판을 따라서 들어올 때와는 다른 문으로 도로에 들어섰다. 아직 오전 10시가 되지 않은 시간. 햇살이 비치기 시작했다. 도쿄의 하늘과는 완전히 다른 짙푸른 하늘이 펼쳐졌다. 루이가 끙끙거리며 기지개를 켰다.

"운동 삼아 딱 좋네."

데루코는 말했다.

"우리 굉장히 건강해진 것 같지 않아?"

루이의 대답에 데루코는 굉장히 기분이 좋아졌다. 사실은 집에 도착하면 바로 침대에 털썩 쓰러질 것 같은 상태인 데다, '염치없는' 남자를 만나기도 했지만, 그럼에도 기분은 상쾌했다. 시즈코 씨라는 수수께끼의 슈퍼우먼과도 만날 수 있었고, 짐칸에는 자투리 목재가 가득 실려 있고.

가는 길에는 마음이 급해서 경치가 눈에 잘 들어오지 않았지만, 지금은 눈에 보이는 것 모두가 아름다웠다. 마침 단풍철이 한창이어서, 오렌지색으로 물든 잎갈나무와 자작나무의 하얀 줄기, 그리고 하늘의 그라데이션이 아름답다. 나는 지금 이런 곳에 와 있구나. 데루코는 시도 때도 없이(화목난로에 불을 때고 있을 때도, 그 불꽃을 멍하니 바라보고 있을 때도, 아침에 눈을 떴을 때도, 장을 보다가도, 마야에 있을 때도) 문득 복받치는 감정에 오늘 아침도 몸을 맡겼다. 그리고 흘긋 루이를 보았다. 루이와 함께 있어, 하고 생각하면서.

루이는 루이대로 데루코의 시선을 눈치채지 못한 채 멍하니 산을 바라보고 있다. 무슨 생각을 하고 있는 걸까? 루이가 사람들 앞에서 드러내는(오히려 과시하는 것처럼 보이기도 하는) 겉모습과 내면에 절대 아무에게도 보이지 않는 또 한 명의 루이가 있는 것을 데루코는 알고 있다. 데루코도 그런 루이를 본 것은 딱 한 번뿐이다. 데루코 쪽에서 그 이야기를 꺼낼 생각은 없다. 단지 그 일에 관해서는 언

제나 생각하고 있다. 어쩌면 데루코의 남은 인생에서 최
대의 테마라고도 할 수 있을 정도로.

"어머!"

데루코는 차의 속도를 줄였다. 5미터 정도 앞에서 검
은색 동물 한 마리가 길 한복판에 우뚝 서서 이쪽을 보고
있다.

"뭐야? 곰?"

루이가 몸을 앞으로 내밀었다.

"곰······은 아니지? 소? 사슴? 혹시 산양이랬던가 그거
아니야?"

"천연기념물이라던?"

그 검은 동물 쪽은 트럭에는 이미 관심이 없어진 듯, 느
긋한 발걸음으로 길을 가로질러 숲속으로 사라졌다. 그때
데루코는 시즈코 씨를 떠올렸다. 그 여유로운 분위기가
뭔가 시즈코 씨와 비슷하게 느껴졌던 것이다.

밤이 길어졌다.

자연의 섭리라기보다는 온몸으로 느끼게 되는 감각이
다. 불편함과 추위까지도 포함해서, 이곳에서의 삶에 익

숙해진 탓도 있겠지 하고 데루코는 생각했다.

저녁나절이 되면 목욕을 하러 온천에 간다. 저녁 식사는 오후 7시부터. 오늘의 메뉴는 버섯과 닭고기 완자를 넣은 전골, 계란말이, 그리고 토란 버터 볶음이었다. 지금은 오후 9시로, 뒷정리도 끝나서 데루코와 루이는 화목난로 앞에 있다. 데루코는 소파의 한쪽 구석에 앉아 있고, 루이는 소파에 앉지 않고 소파의 반대쪽 끝부분을 등받이 삼아 기대서 바닥에 다리를 펴고 앉아 있다. 루이가 일어서더니, 방화 장갑(이것도 '필수 지출' 중 하나로 생활용품점에서 구입했다)을 서둘러 양손에 끼고 화목난로에 새로운 장작을 지피기 시작했다. 장작을 태우는 것이 재미있는 모양이다. '효율적인 화목난로 난방법' 등을 인터넷으로 검색해서 숙독하고 있는 데루코로서는 조금 더 남은 열을 이용하고 나서 새로운 장작을 넣으면 좋을 텐데 싶었지만, 굳이 말하지 않기로 했다. 일단 지금은 밖에 장작이 잔뜩 쌓여 있으니까(트럭에서 내리는 것도 역시 큰일이었다), 난방에 관해서는 이전만큼 불안하지는 않았다.

루이가 일어서는 것을 보고 데루코는 얼른 책으로 시선을 돌렸다. 슈트케이스에 넣어서 가져온 세 권의 책 중 한

권으로, 영국의 한 국어 교사의 일생에 관한 장편 소설이다. 이미 여러 번 읽었지만, 몇 번을 읽어도 좋다. 이 교사의 일생은 타인이 멀리서 보기에는 '별 볼 일 없는, 평범한 일생'처럼 보이겠지만, 소설을 읽는 데루코는 '별 볼 일 없는, 평범한 일생'이라는 것은 애초에 존재하지 않는다는 생각을 했다.

루이는 아까 그 자리에 다시 앉아서 빼놓았던 이어폰을 다시 꼈다. 프랑스어 상송을 들으면서 공부하고 있는 모양이다. 손가락이 무릎 위에서 피아노 건반을 두드리듯이 움직이고, 입술도 미묘하게 움직이고 있다. 평소의 루이답지 않게 진지해 보인다는 것을 본인은 알고 있을까?

여기에 온 초반에는 저녁 식사를 마치면 느긋하게 뒹굴거리며 맥주나 저렴한 와인을 마시고, 졸릴 때까지 수다를 떨곤 했다. 도와달라는 루이의 전화부터 역 앞에서 만났던 것, 후타바 휴게소에서 있었던 사건, 이 집의 문을 따고 들어온 것, 데루코가 가방에 넣어 가져온 드라이버까지, 이 집에 오기까지 있었던 일을 둘이서 수도 없이 반복해 회상했다. 상대방이 기억하지 못하는 부분을 보충 설명하고, 틀린 것을 정정하기도 하면서 웃으며 밤을 지새

웠다. 그 뒤로는 새로운 생활에 대해 의논하느라 바빴다. 상의하고, 계획하고, 반성하고, 또 계획하고. 하지만 이제는 그 시기도 지났고(상의와 계획과 반성은 아침이나 점심 식사 때 충분히 할 수 있게 되었다), 느긋하게 술을 마시는 것 자체가 드물어졌다. 경제적인 문제도 있고 해서 술을 마음껏 마시는 것은 특별한 날에만 하는 것으로 어느새 굳어졌다. 이제는 침대에 들어갈 시간이 될 때까지 각자 하고 싶은 일을 하면서 보낸다. 이런 것도 좋네, 하고 데루코는 생각한다. 자신의 결혼 생활의 기억을 덧칠이라도 하듯이, 뜨거운 신혼을 보낸 뒤의 안정감이 이런 느낌 아닐까 생각하곤 한다. 데루코는 거의 독서와 인터넷 검색을 하고, 가끔은 과자를 만들기도 한다. 루이는 이어폰으로 음악을 듣거나 프랑스어 공부(이것은 최근 마음먹은 듯하다)를 한다. 아니면 뜻밖에도 재봉을 하기도 한다(무대 의상에 뭔가 장식을 달거나 하는 모양이다). 물론 때로는 술 없이 수다를 떨기도 한다(취해서 무심코 쓸데없는 소리를 할 걱정이 없으니 이것도 좋은 것 같다).

"그러고 보니까 말이야."

오늘 밤에는 루이가 데루코에게 말을 걸었다.

"네 배우자 번호는 차단해 놨어?"

전화의 수신을 차단해 두었냐는 질문인 것 같다. 당연히 차단해 놨지 하고 데루코는 대답했다. 가출(데루코의 마음에서는 '탈출'로 인식되어 있지만)의 기본이니까.

"계속 연락이 안 되면 경찰에 가지는 않을까?"

"그럴 염려는 없다고 봐. 그래서 편지를 써두고 나온 거고. 그 사람은 체면이 중요한 사람이라 아내가 집을 나갔다는 것을 공공연히 알리고 싶지 않을 거야."

"흐응."

루이는 일단은 그렇다고 해 두자는 표정을 지었다.

"그럼 혼자서 어쩔 줄 몰라 하고 있겠네. 집안일도 전혀 못 하잖아? 어떻게 지내고 있으려나, 지금쯤. 어때? 신경 쓰이고 그래?"

어떤 대답을 기대하고 이런 질문을 하는 걸까 생각하면서 데루코는 "전혀" 하고 대답했다. 루이의 질문에 대해서라기보다 자기 자신에게 하는 대답, 아니 결의다.

"집안일 해줄 사람이 없어졌으니 새로운 가사도우미를 들이지 않았을까?"

사실 도시로는 전문 가사도우미를 찾아서 고용할 만한

주변머리조차 없을뿐더러, 경찰에 가지 않는 것과 마찬가지의 이유로 집안일을 해줄 사람을 집에 들이지는 않았을 거라고 데루코는 생각하고 있다.

"가사도우미가 아니라도 집안일을 해줄 만한 여자를 데려왔을 수도 있겠지."

과거의 도시로라면 분명 그랬겠지만 이미 그럴 만한 상대로부터는 진작에 버림받았을 테고, 당연히 새로 애인을 만드는 것도 불가능할 거라고 데루코는 생각한다.

"그럼 후회는 1미리도 없는 거지?"

"1미리도 없어."

데루코는 딱 잘라 말했다. 기쁘게도 그것은 본심이다. 솔직히 말해서 도시로가 전혀 신경 쓰이지 않는 것은 아니다. 음식은 편의점에서밖에 살 줄 모를 텐데 짠 것만 먹어서 혈압이 올라가지는 않았을까, 쓰레기 더미 속에서 살고 있지는 않을까, 이런 생각을 가끔은 하게 된다. 하지만 후회는 정말로, 1미리도 하지 않는다. 타인이 멀리서 보기에(어쩌면 가까이에서 봐도) 나는 '이기적인 여자'일지도 모르지만, 그렇게 불린다 한들 후회 따위 1미리도 하지 않아. 데루코는 그렇게 생각했다.

처음으로 산양이라는 동물을 만난 탓에 데루코의 마음 속에 오랫동안 봉인되어 있던 남자의 얼굴이 다시 떠올랐다. 이목구비도, 분위기도 산양 같은 인상을 주는 남자였다. 데루코는 그 남자를 시하시椎橋 선생님이라고 불렀다. 성만 기억날 뿐, 이름이 벌써 기억나지 않는 것에 데루코는 조금 놀랐다. 그만큼 옛날 일이기도 하고, 아니면 그 정도에 불과한 일이었다고 표현할 수 있을지도 모르겠다. 하지만 당시 스물넷의 데루코는 시하시 선생님에게 푹 빠져 있었다. 이것이 사랑이라고 생각했고, 시하시 선생님을 사랑한다고 믿어 의심치 않았다.

시하시 선생님은 역사 연구가였다. 대학에서 강사로 일하면서 고대 문명에 관한 책을 썼다. 당시 53세였던 시하시 선생님은 아버지의 고교 시절 동창으로, 즉 데루코의 아버지와 같은 나이였다. 데루코는 4년제 대학의 국문과를 졸업한 뒤 조수로서 시하시 선생님의 집에서 일하게 되었다.

데루코가 맡은 일은 자료 수집과 복사, 그 외에 사무적인 잡일 정도였지만, 일은 재미있고 보람도 있었다. 하지만 곧 시하시 선생님을 사랑하게 되어서 마음이 괴로웠다. 데루코는 자신의 마음을 시하시 선생님에게 절대 들키지 않으려고 했다. 시하시 선생님에게는 아내가 있었기 때문이다. 친절하고 아름다운 사람이었다. 매일 오후 3시가 되면 볕이 잘 드는 거실에서 그분이 끓인 홍차나 커피와 함께 매일 다르게 준비해 주는 맛있는 쿠키나 케이크를 먹으면서 셋이서 담소를 나누었다. 아이가 없는 시하시 선생님 부부는 아마 데루코를 딸처럼 생각했을 것이다.

너무 괴로웠던 나머지 데루코는 결혼을 해버렸다. 도시로와는 친구네 별장에서 만났다. 그 친구의 오빠의 친구였던 것이다. 여름의 해변에서 하루를 함께 보내고, 하루 먼저 돌아가면서 그는 도쿄에서 만나 달라고 청했다. 그 만남의 과정과 도쿄에서의 데이트와 첫 입맞춤, 그 모든 것에 대해서 아무에게도 미안해할 필요가 없다는 것이 데루코는 기뻤다. 그 기쁨을 사랑이라고 생각했다. 도시로를 사랑한다는 기분은 들지 않았지만, 사랑할 수 있을 거라고 생각했다.

데루코가 도시로를 사랑할 수 없다는 사실을 깨달은 것과, 도시로가 데루코를 하녀처럼 대하게 된 것은 어느 쪽이 먼저였을까? 그래도 데루코는 오랫동안(루이의 도와달라는 말을 계기로 결단을 내린 불과 얼마 전까지만 해도) 도시로의 그런 태도를 이유로 결혼 생활을 끝내야겠다고는 생각하지 않았다. 도시로를 선택해서 결혼한 것은 자신의 의지였으니까 책임져야 한다고, 도시로가 결혼 생활을 유지하고 싶어 한다면 따라야 한다고 생각했던 것이다. 무엇보다 이제 와서 생각해 보면 45년 동안 결혼 생활을 하면서 도시로로부터 부당한 대우를 받는 것에 익숙해져 버린 탓도 있었던 것 같다. 책임이니 뭐니 하는 것은 변명일 뿐, 그저 행동으로 옮길 용기와 의지가 없었던 것뿐인지도 모른다.

도시로와의 사이에서 아이는 생기지 않았다. 결혼 4년째에 둘 다 검사를 받았다. 원인이 도시로 쪽에 있다는 것을 알게 되자 그는 그길로 아이를 갖고 싶다는 말을 더 이상 하지 않게 되었고, 그렇다면 어쩔 수 없는 일이니 데루코도 포기하기로 했다. 그런데 어느 날 그의 동료와 부하들을 집에 초대해 대접하던 중에 아이가 생기지 않는 것은 아내에게 문제가 있는 탓이라고 도시로가 이야기하는 것을 데루코는 부엌에서 듣고 말았다. 그 순간 데루코의 마음을 간신히 밝혀주고 있던 불빛이 스윽 꺼져버리는 느

낌이 들었다. 동창회에서 루이와 재회한 것은 그 직후의
일이었다.

　동창회.
　그것도 벌써 40년 전의 일이다. 중학교를 졸업한 뒤 15년
만에 열린 첫 동창회였다. 데루코와 루이는 (물론 그 외의
반 친구들도) 서른이 되었다.
　동창회에 가는 것이 데루코는 썩 내키지 않았다. 반 친
구들의 현재 상황에 대한 궁금증보다도 지금의 내 모습을
보여주고 싶지 않다는 마음이 강했다. 그때만 해도 루이는
아직 특별한 친구가 아니었으니까, 특별히 만나고 싶다는
생각도 하지 않았다. 하지만 참석했다. 자신이 동창회에
가고 싶지 않은 상태라는 것을 인정하고 싶지 않았기 때
문이다. 장소는 시부야에 있는 한 주점의 별실로, 15명 정
도가 두 개의 테이블에 나눠 앉았다. 각 테이블의 중앙에
는 가스버너 위에서 전골이 끓고 있었다. 어째선지 아무
도 거의 손을 대는 사람이 없어서(데루코도 전혀 식욕이 없
었다) 냄비 안의 전골이 점점 졸아드는 것을 멍하니 바라
봤던 기억이 있다.

거기에서 주고받는 친구들의 근황은 결국 회사의 이름이었다. 남자의 경우는 취직한 회사, 여자의 경우는 결혼한 상대방의 회사. 당시는 아직 여자의 인생 목표는 결혼이라고 생각하던 시대였다. 데루코가 물어보는 대로 결혼했다는 사실과 도시로의 회사 이름을 밝히자, 부러워하는 목소리가 쏟아졌다. 그런 한편 데루코에게 자식이 없다는 이야기를 듣고는 동정하거나 무시하는 사람도 있었다. 데루코가 느끼기에 반 친구들은 어른이 되었다기보다는, 오히려 사람이 아니라 그들이 입에 올리는 회사 그 자체로 변해버린 것만 같았다.

루이와 데루코는 각기 다른 테이블에 앉아 있었다. 네크라인이 깊이 파인, 몸의 라인을 돋보이게 하는 새빨간 니트 원피스 차림의 루이가 쉴 새 없이 마시고 또 떠드는 것이 데루코의 테이블에서도 보였다. "남편을 버리고 다른 남자와 사랑의 도피를 했다더라"고, 소곤거리는 귓속말을 타고 루이의 현재가 데루코의 귀에까지 들려왔다. 모리타는 진짜 대단하다. 모리타답네. 데루코가 앉은 테이블 사람들은 그 이야기를 듣고 이렇게 평했다(모리타는 루이의 성이다. 그때는 데루코도 루이가 아니라 모리타라고 불렀다). 사랑의 도피라니. 그런 게 가능하구나. 모리타니까 가능했을 거야. 나에게는 도저히 무리겠지. 그때 데루코는 이렇게 생각했다. 큰 뜻에서는 다른 사람들의 감상과 그리 다르지 않은 셈이었다.

데루코는 원래 알코올에 강한 데다 조금씩만 마시고 있었기 때문에 거의 취하지 않은 상태였다. 그런데 옆자리에 앉아 있던 쓰카모토塚本라는 남자가 처음부터 유난히 데루코에게 시비를 걸더니, 취하면서 그 정도가 점점 심해져서 "아무리 공부를 잘했어도 결혼하고 나면 그냥 아줌마지 뭐"라든가, "결혼만 하면 평생 먹고 살 걱정은 없으니 여자들은 참 좋겠다" 같은 소리를 지껄여댔다. 데루코는 진저리를 내면서도 적당히 그 상황을 넘기려 했다. 1차 모임이 끝나자 쓰카모토는 출구로 나가려던 데루코를 따라와서는 "2차도 갈 거지?" 하고 물었다. 가지 않는다고 데루코가 대답하자 그는 "그러지 말고 같이 가자"며 데루코의 어깨에 팔을 둘렀다. 데루코가 깜짝 놀라 몸을 피하자 이미 몸을 제대로 가누지 못하던 쓰카모토는 그 바람에 엉덩방아를 찧고 말았다. "무슨 짓이야, 이 빌어먹을 여자가!" 취해서 걸걸해진 쓰카모토의 성난 목소리가 주점 안에 울려 퍼졌다.

쓰카모토는 몸을 일으켜 데루코의 앞을 가로막고는 세 시간쯤 고함을 질렀다. ……데루코에게는 그렇게 느껴졌지만, 실제로는 기껏해야 1분 남짓이었을 것이다. 잘난 척 하지 마, 빈대 붙어 먹고사는 주제에, 능력이 없으면 옆에 앉아서 술이나 따르라고. 대강 그런 의미의 말을 여러 가지로 바꿔가면서, 거기에 이년 저년 하는 말을 섞어서 도저히 들어줄 수가 없는 더러운 욕을 퍼부었다. 데루코는 놀란 나머지 몸이 마비라도 된 듯 꼼짝도 못 하고 굳어 있었다. 하지만 그것마저도 처음 겪는 일은 아니었다. 도시로가 벌컥 화를 낼 때면 똑같은 일이 일어났으니까. 혹시 나는 그런 사람들을 끌어들이는 뭔가를 가지고 있는 걸까? 데루코는 고함 소리를 들으며 그런 생각을 하고 있었다. 집안에서도 밖에서도 똑같은 일을 당하는 처지가 한심해서 눈물이 나려는 것을 안간힘을 다해 참고 있었다. 그때 갑자기 시야에서 쓰카모토가 사라졌다.

루이가 쓰카모토를 들이받아 버린 것이었다. 쓰카모토는 또다시 엉덩방아를 찧었고, 그 바람에 관엽 식물의 화분에 부딪혀 인조 벤자민을 끌어안은 꼴로 어안이 벙벙한 얼굴을 하고 있었다. 데루코는 팔이 붙잡혀 있는 것을 깨달았다. 루이가 팔을 잡고 있었다. 가자고 루이가 말했다. 데루코는 루이에게 이끌려 주점을 나섰다. 엘리베이터를 타고 건물 밖으로 나오자, 밖은 캄캄했다. 어머, 아름다워라. 불빛 가득한 빌딩가의 야경을 보고 데루코는 생각했다. 그 반짝이는 밤을 향해 두 사람은 달려 나갔다. 그날 밤의 풍경을, 마치 밤이라는 것을 처음으로 본 것만 같던 그때의 기분을, 데루코는 선명하게 기억하고 있다.

그 뒤로 단둘이서 루이가 자주 간다는 바로 '2차'를 갔다. 데루코는 그 바에서 처음으로 자신의 결혼 생활에 대해서 남에게 털어놓았다. 다른 사람 앞에서 운 것도 이때가 처음이었다. 자신의 일 때문에 운 것은 아니다. 루이가 먼저 울음을 터뜨렸다. 큰소리로 엉엉 울었다. 데루코는 그때 루이를 위해서 울었다.

오늘도 좋은 날씨다. 기온은 한층 더 내려간 것 같지만.

못을 박는 소리가 들려온다. 루이가 일찍 일어나서 오래돼서 부서진 2층 덧문의 창틀을 고치고 있는 것이다. 데루코는 지금까지 건물에 관한 문제는 모두 업자에게 맡겼기 때문에 대체 어디를 어떻게 고쳐야 덜컹거리는 덧문이 멀쩡해지는지 짐작조차 가지 않았지만, 루이는 별거 아니라는 듯이 "이 정도는 태어났을 때부터 할 줄 알았어"라고 말했다.

못을 박는 소리는 듣기 좋은 소리로구나. 물론 덧문을 고치는 정도의 큰 공사만 아니라면 직접 못을 박는 정도의 경험은 데루코에게도 없지 않았다. 하지만 이런 맑은 가을 아침에 같은 집에 사는 사람이 못을 박는 소리가 들려오는 것은 참 좋은 거구나 하고 데루코는 생각했다. 데루코는 뭘 하고 있냐 하면, 밀가루를 반죽하는 중이다. 부엌 바닥에 있는 창고에서 발견한 큰 냄비에 접시를 올려 찜기 대신 써서 고기만두를 만들 생각이다. 지금, 자신은 행복하다고 데루코는 생각했다.

"후—후, 진짜 맛있다!"

갓 쪄낸 고기만두에 달려드는 루이를 보고, 데루코는 흐뭇한 표정을 지었다. 덧문의 수리도 끝났다. 방금 밖에 나가서 봤더니 나무가 떨어져 나와 바람에 달칵달칵 흔들리던 부분이 깨끗하게 수리되어 있었다.

"많이 만들었으니까, 조지 씨에게도 좀 나눠줄까?"

사실은 많이 만들어서가 아니라, 그만큼 만족스럽게 완성되었기 때문에 데루코는 그렇게 제안했다. 지난번에 도와준 것에 답례를 해야 한다고 계속 마음에 두고 있었던 것이다.

"조지에게? 좋지, 좋지. 그러자!"

루이는 고기만두의 육즙으로 번들거리는 입술을 하고 그보다 더 눈을 번득이면서 큰 소리로 말했다. 그 기세에 주춤하면서 데루코는 "그럼 오늘 마야에 갈 때 같이 갈래?" 하고 물었다.

"아니, 안 갈래. 오늘은 아직 고칠 곳이 남았으니까 너혼자 갔다 와. 고기만두 먹는 법이라든가, 네가 이런 요리까지 척척 해낸다는 것도 조지에게 알려줘."

그렇게 해서 그날 데루코는 밀폐용기 대신 냄비에 고기만두를 담아 들고, 혼자서 차를 끌고 마을로 나갔다. 조지에 대한 루이의 그 열의는 뭐였을까 의아해하면서. 마야에 가기 전에 조지의 가게에 먼저 들르기로 했다. 가게 문은 열려 있었지만, 조지의 모습은 보이지 않았다. 그래서 마야로 갔더니, 마야의 문 앞에 조지가 있었다.

"야호."

조지는 한 손을 들어 인사했다. 난감한 표정을 하고, 어딘가 평소의 조지답지 않았다.

"방금 조지 씨 가게에 들렀던 길이에요. 고기만두를 가져다 드리려고요. 지금 마야에 오신 거예요? 아니면 이제 돌아가려는 길?"

이제 온 참이라고 조지는 대답했다. 그래서 둘은 함께 마야 안으로 들어갔다.

"저기, 점을, 쳐 주실 수 있을까요?"

조지가 그렇게 말한 것은 각자 테이블에 자리를 잡고 앉은 뒤, 요리코 씨에게 커피를 부탁하고, 데루코가 자리에서 일어나 고기만두가 든 냄비를 조지에게 건네고, 지금 바로 먹을 거면 괜찮지만 나중에 먹을 거면 데워서 먹으라고, 전자레인지에 데워도 괜찮다고 설명을 하고서, 조지가 감사 인사를 하고, 요리코 씨와 겐타로 씨가 고기만두 만드는 법에 대해서 한바탕 질문을 하고, 데루코가 다음에 가르쳐 주겠다고 약속하고, 자신의 테이블로 돌아간, 그 직후의 일이었다. "당연하죠." 데루코는 대답했다. 그 시점에 이미 '카드 점술사의 직감'으로 이건 연애 상담이 틀림없다고 거의 확신하고 있었다.

그 확신은 영락없이 들어맞았다.

그날 저녁 마야를 나온 데루코는 슈퍼마켓에 들러 장을 봤다. 오징어가 싸게 나와 있어서 저녁 메뉴는 오징어회로 정하고, 다리는 고구마와 다시마채를 넣어 볶기로 했다. 루이는 음식을 먹고 나면 매번 감상을 말해 줄 뿐 아니라, 도시로처럼 편식을 하지도 않아서 메뉴를 생각하기가 훨씬 편하다.

차를 출발시키자마자 라디오에서 〈그 멋진 사랑을 다시 한번〉이 흘러나왔다. 대학 시절에 유행했던, 데루코가 좋아하는 노래다. 흥얼흥얼 노래를 따라 부르며 운전을 했다. 아까 본 조지의 모습이나 그가 한 말 하나하나가 되살아나서, 저도 모르게 싱글벙글 웃음이 나왔다.

매일 그녀 생각만 하고 있어요. 한 달에 두 번은 만나는데도, 헤어지고 나면 바로 또 보고 싶어져요. 이게 사랑일까요? 저는 어떻게 해야 할까요? 이 나이에 이게 무슨…… 아뇨, 상대방도 젊지 않아요. 저보다 연상이에요. 하지만 실제 나이만 그렇지, 내면은 저보다 훨씬 활기차고, 에너지가 넘치고, 귀엽기까지 한 사람이에요. 고백해도 될까요, 아니, 그러니까 고백해서 어떻게 해보겠다는 건 아니에요. 그냥 제 마음을 밝히고 싶은 마음이 있어서. 이상한가요? 모처럼 지금 사장과 가수라는 관계로 잘 지내고 있는데, 이 관계가 깨져버리지는 않을까요?

노래가 끝나고, 데루코는 소리 내어 쿡쿡 웃었다. 조지 씨는 그러면서도 마음에 있는 사람이 누군지 숨겼다고 생각하는 것 같던데. 아마 '사장과 가수라는 관계'라는 말은 이야기에 집중한 나머지 무의식적으로 해 버렸나 봐. 그렇게 결정적인 정보를 밝혀버린 걸 본인은 모르는 것 같던데……. 미안하지만 그걸로 나만이 아니라 요리코 씨와 겐타로 씨까지 다 알아버렸어요. 조지가 루이에게 푹 빠져버렸다는 걸.

물론 데루코의 카드는(사실은, 데루코는) "마음의 소리를 따라야 한다"는 결과를 내놓았다. 루이가 어떻게 반응할지는 알 수 없지만, 누군가에게 사랑을 받는 것은 멋진 일이고, 설령 루이에게 그럴 생각이 없다고 해도 이후 둘의 관계가 안 좋게 바뀔 거라고는 생각되지 않았다. 루이는 그런 면에서는 확실하니까, 하고 데루코는 생각했다. 게다가 루이가 조지에게 호감을 가지고 있는 것도 틀림없으니 잘될 가능성이 더 높아. 맞아, 루이는 지금도 그렇게 에너지가 넘치고 활기차고 귀여운 데다 덧문도 고칠 수 있으니까, 한 번 더 사랑을 해야 해. '그 멋진 사랑을 다시 한번' 말이지.

6
루이

"부끄러움 많은 인생을 살아왔습니다."

《인간실격》의 첫 번째 수기는 그런 문장으로 시작되었다.

오, 그래? 부끄러움 많은 인생이라니. 어떤 인생이었을까나. 루이는 그렇게 생각하면서 잠시 이어지는 내용을 읽었다. 그리고 조용히 책을 닫았다.

"나에게 인간의 생활이란 도무지 가늠조차 되지 않는 것이었습니다"라는 둥, "나는 공복이라는 것을 몰랐습니다"라는 둥, 전혀 참고가 될 것 같지 않았다. 끝까지 읽으면 그래도 배울 것이 있을지 모르지만, 뭔가 우중충한 내용이라서 계속 읽을 마음도 들지 않았다(사실은 루이도 조지에게 못지않게 독서와는 인연이 없는 사람이다). 내일 조지에게 돌려주자. 그렇게 결심했다.

옆에서 데루코가 작게 끙끙거렸다. 루이는 협탁 위의 초를 불어서 껐다. 사실 잠드는 데는 자신이 있어서, 평소에는 침대에 들어가면 바로 곯아떨어지는 편이다. 눕기만 하면 1분도 안 걸리는 것 같다고 데루코가 어이없다는 듯이 말한 적이 있을 정도다. 하지만 오늘 밤은 데루코의 잠든 숨소리가 들려올 때까지도 루이는 어째선지 잠들지 못하고 있다. 그래서 상비해 둔 초에 불을 밝히고(전기를 쓸 수 없다는 것은 로맨틱하면서도 불편한 일이다) 조지에게서 빌려온 책을 넘겨보고 있었던 것이다.

루이는 암흑 속에서 눈을 부릅뜨고 천장을 바라보았다. 작은 전등갓이 세 개 연결된 조명의 형태가 흐릿하게 보인다. 우리가 여기 온 뒤로 한번도 켜진 적이 없는 불쌍한 전등이다. 루이는 그런 생각을 하다가, 갑자기 이제 일흔이네 하는 생각을 했다. 잘도 여태 살아왔구나, 하고 생각하자 자신의 끈질긴 생명력이 감탄스러운 한편 지겹다는 기분이 동시에 들었다. 11월이 되면 또 한 살 나이를 먹는

다. 그리고 나와 생일이 같은 그 애는 마흔아홉이 된다. 살아 있다면 말이지만. 당연히 살아 있겠지, 무슨 말을! 루이는 정신 차리라고 뺨이라도 칠 기세로 생각을 고쳐먹었지만, 실제로는 그 애가 쑥쑥 자라서 무사히 마흔아홉 번째 생일을 맞이할 수 있을지, 아니면 불의의 사고나 병으로 이미 세상에 없는지조차 자신은 알지 못한다는 사실에 망연자실했다.

《인간실격》은 루이가 먼저 빌려달라고 부탁했다. "조지가 무슨 책을 읽는지 궁금해서요." 그렇게 말하자 조지는 어째선지 의아할 정도로 기쁜 표정을 지으며 빌려주었다(조지는 《인간실격》은 이미 다 읽었다면서, 미안한 말이지만 아주 걸렁한 말투로 "아주 깊이 있는 책이야"라고 말했다. 참고로 지금은 《치인의 사랑》을 읽고 있다고 한다). 사실은 조지가 읽은 책이라서 읽어보고 싶었던 것이 아니라, 제목 때문이었다. 스스로를 '인간실격'이라고 생각하고 있던 시기가 루이에게 있었기 때문이다. 아니, 사실은 지금도 그렇게 생각한다. 단지 떠올리지 않도록 하는 데 조금 능숙해졌을 뿐이다.

《인간실격》을 무릎 위에 둔 채, 루이는 BMW의 조수석에 앉아 있다.

오늘은 토요일로, 루이가 출근하는 날이지만, 데루코가 쇼핑을 하고 싶다고 해서 일찌감치 집을 나섰다.

"난 그거 중학생 때 읽었어."

데루코가 말했다. 오늘도 추운 날씨라, 둘 다 항상 입는 오리털 패딩을 껴입고 있다. 루이로서는 출근하는 날 정도는 자신이 좋아하는 인조 모피 코트를 입고 싶었지만, 별장지 내와 마찬가지로 마을 안에서도 가능한 눈에 띄지 않는 편이 좋다고 데루코가 당부했기 때문에 어쩔 수 없이 포기하고 있다. 네가 트럼프 점을 보고, 내가 상송을 부르는 건 괜찮고? 하고 항변해 보았지만, "우리가 하는 일은 루이의 코트보다는 눈에 안 띄어"라고 반박당했다. 그렇지만 오늘은 형광 핑크색 오리털 패딩 아래 호피 무늬 니트 원피스를 입고 있으니, 롱코트로 전신을 휘감고 있는 것보다 더 눈에 띄지 않을까 싶었지만 말이다.

"독서 감상문 과제 지정 도서였던 것 같은데. 루이도 읽었을 거야."

"정말? 전혀 기억 안 나는데."

"안 읽고 쓴 거 아니야?"

"그럴지도."

"그 책에 '일부러 그랬지?' 하고 말하는 애가 나오잖아. '일부러 그랬지?' 하는 게 한동안 유행했었는데."

루이는 어깨를 으쓱했다. 그것도 전혀 기억에 없었다. 요컨대 그 무렵 자신과 데루코는 같은 반에 있으면서도 전혀 다른 세계에서 살고 있었다는 의미다.

그래서 슬쩍 데루코를 유심히 살펴봤다. 빨간색 패딩 점퍼에 하얀 크루넥 스웨터, 베이지색 코듀로이 와이드 팬츠. 목에는 노란색과 감색 줄무늬 손수건을 살짝 둘렀다. 데루코는 뭘 입어도 우아하고 감각이 있어 보인다. 어쩌다 우리는 친구가 된 걸까? 루이는 다시 한번 신기하게 생각했다.

스마트폰에 메시지가 도착했다. 통신사에서 보낸 추천 요금제 알림이었다. 얼마나 저렴하길래 추천을 하는지 궁금해서 읽기 시작했지만, 뭔가 복잡한 내용이 쓰여 있어서 도중에 그만두었다.

"그러고 보니 너 휴대폰 요금은 네가 내고 있어?"

문득 궁금해서 그렇게 물어보자 데루코는 "아니" 하고

우울한 듯이 고개를 저었다.

"가족 할인이라 그러나? 그런 걸로 가입했으니까 남편 통장에서 함께 이체될 거야. 그러고 싶지 않았지만, 남편이 직접 해지를 해야 된다더라고."

"그쪽을 통해서 우리가 있는 곳을 들킬 위험은 없을까?"

"없을 거라고 생각해. 뭐, 전화 요금이 꼬박꼬박 이체되는 걸로 내가 무사하다는 것은 알 수 있겠지. 그런 점은 괜찮은지도. 내가 내 의사로 돌아가지 않는다는 걸 알 테니까 말이야."

"전화 요금 정도는 그 멍청이한테 좀 내라고 해."

루이는 그렇게 말하며 웃었지만, 실은 아주 조금 가슴이 따끔거렸다. 가족 할인. 누가 뭐래도 데루코와 멍청이 남편은 '가족 할인'에 가입할 정도의 가족이었구나 싶었던 것이다.

나도 그 비슷한 것을 갖고 있던 시기가 있었다. 그것도 두 번이나. 하지만 그것들은 뭐랄까, 가족이라기엔 좀 부족했다. 제대로 된 가족이 되기 전에, 첫 번째는 내가 깨뜨려 버렸고, 두 번째는 상대방이 죽어 버렸다. 그 무렵에는 휴대 전화가 없었으니까 당연히 가족 할인 같은 것도 없었지만, 만약 휴대 전화나 스마트폰이 그 무렵에 있었다고 해도 가족 할인에 가입하기에는 시간이 부족했던 것이다.

루이가 보라색 베레모를 발견한 것은 슈퍼마켓에서 장을 보고 계산을 마친 순간이었다.

"시즈코 씨!"

엉겁결에 큰 소리로 불렀더니, 시즈코 씨는 밖으로 나가려다가 뒤를 돌아보고는 다시 이쪽으로 다가왔다.

"잘 지냈나요? 다시 만났네요."

"어머나, 시즈코 씨!"

데루코도 기뻐 보였다. 의외이긴 하다. 루이도 이렇게 빨리 다시 만날 수 있으리라고는 생각도 못 했다. 그중에서도 가장 의외였던 것은 시즈코 씨가 현실에 존재하는 사람이었다는 점일지도 모르겠다. 둘은 다시 한번 지난번 일의 감사 인사를 했다.

"뭔가 어려운 일이 생기면 언제든지 얘기해요. 저는 이 동네의 터줏대감이라서, 도움이 되어줄 수 있을 거예요. 저는 가모가이케鴨ヶ池 별장지에 살고 있어요."

시즈코 씨가 말한 별장지는 놀랍게도 데루코와 루이가

빌려 살고 있는 별장지였다. 루이와 데루코는 슬쩍 눈빛을 교환했다. 역시 우리들에 대해서는 밝히지 않는 편이 현명할 것 같다.

"그 베레모, 굉장히 멋져요."

그래서 루이는 베레모 이야기를 꺼냈다. 어머, 고마워요, 하고 시즈코 씨는 기쁜 듯이 웃었다.

"두 분도 굉장히 멋져요. 다음에 만나면 같이 옷 이야기라도 하기로 해요. 그럼 또 만나요. 조심히 들어가요."

둘은 시즈코 씨를 배웅했다. 오늘도 소형 트럭을 타고 왔을까? 루이는 까치발로 서서 주차장 쪽을 둘러보았지만, 슈퍼마켓에서 건물 밖으로 나갔을 보라색 베레모는 보이지 않았다.

"시즈코 씨 말이야."

데루코의 BMW에 올라타고는 문득 루이가 중얼거렸다.

"……너랑 좀 닮은 것 같아."

다른 말을 하고 싶었던 것 같기도 한데, 입에서 나온 것은 이런 말이었다.

"어머나, 나는 루이와 닮은 점이 있다고 생각했는걸."

데루코는 그렇게 대답했다.

마야의 문에는 리스가 걸려 있었다. 마거리트 비슷한 자잘한 하얀 꽃과 노란색의 리본이 조화를 이룬 소녀스러운 감성의 리스였다. 크리스마스용 장식이라기엔 너무 성급한데 하고 루이는 생각했다.

"와, 루이 씨, 데루코 씨, 어서 오세요!"

평소처럼 열렬한 환영을 받으며 루이는 언제나 그렇듯이 몸 둘 바를 모르겠는 기분이 되었다. 겐타로와 요리코 두 사람은 정말 사랑스러운 커플이고, 사람을 가리는 자신도 무척 좋아하는 사람들인데, 왜 매번 이렇게 몸 둘 바를 모르겠는 걸까? 루이는 그것이 이상하기만 했다.

"오늘 두 분이 오시면 좋을 텐데 하고 요리코와 이야기하고 있었어요. 맞지?"

"맞지, 맞지!"

둘은 생글생글 웃으며 입을 모아 말했다.

"리스 보셨어요?"

루이와 데루코는 봤다고 대답했다.

"그거, 축하 선물로 겐타로가 사 준 거예요."

"사실은 더 커다란 화환을 두고 싶었는데 말이에요."

"뭘 축하하는 거예요?" 하고 루이와 데루코가 물었다.

"저와 겐타로에게 말이죠."

"아기가 생겼답니다!"

그 순간 루이의 '그 기분'은 최고조에 달했다.

그 뒤로는 축하 인사와 질문과 자세한 이야기를 주고받느라 정신이 없었다(오늘도 역시나 다른 손님은 없어서, 주위를 신경 쓸 필요도 없었다). 사흘 전에 임신 테스트기에 양성 반응이 나왔고, 어제 병원에 가서 검진을 받았으니까 임신이 확실하다. 현재 임신 6주 차로, 예정일은 6월 27일이라고 한다. 이런 정보가 하나씩 공개될 때마다 환성을 올렸다.

물론 루이도 소리를 지르고 방방 뛰면서 요리코를 끌어안는가 하면, 겐타로에게 악수를 청하고, "아들이 좋아요, 딸이 좋아요? 말 좀 해봐요!" 하고 물으며 팔꿈치로 쿡쿡 찌르기도 했다(겐타로는 어느 쪽이든 좋다고 대답했다). 두 젊은이와 새로운 생명을 위해 기뻐하는 마음에는 한 치의 거짓도 없었다. 다만 몸 둘 바를 모르겠는 그 기분은 루이의 마음속에서 미친 듯이 날뛰었고, 그 결과 어째선지 눈앞의 경사스럽고 행복한 광경 너머로 루이에게는 다른 광경이 겹쳐 보였다.

자신의 웃음소리가 먼저 떠오른다.

귀에 거슬리는 웃음소리다. 시끄러워, 조용히 해. 그런 자기 자신에게 화를 내면서도, 루이는 웃음을 멈추지 않았다.

15년 만에 동창회가 열린다는 것을 루이는 우연히 알게 되었다. 신바시의 클럽에 노래하러 가기 전에 잠시 시간이 있어서 미쓰코시 백화점을 돌아다니던 중이었다. "어머, 모리타 아니니?" 하고 누군가가 말을 걸어왔다. 잠시 서서 이야기를 나누다 보니 중학교 때 같은 반이었다는 것이 생각났다. 루이가 보기에는 무슨 일이든 척척 해내는 '주류파'에 속한 친구였으니까, 당연히 중학교 때는 별다른 교류가 없었다.

"동창회 한다는 연락 받았어?"

그녀는 양손으로 세 살 정도의 남자아이와 다섯 살 정도의 여자아이 손을 잡고 있었다. 아이들이 움직이는 통에 그 친구의 몸도 계속 이리저리 들썩거렸지만, 든든한 내 편을 거느리고 있는 듯한 그 모습은 신기하게도 강해 보였다. 동창회를 한다는 연락은 받지 못했다. 루이의 파란만장한 인생을 안내 엽서가 미처 따라잡지 못했을 것이다. 알려줘서 고마워. 꼭 갈게. 루이는 이렇게 말하고는 라즈베리 색 립스틱을 바른 입술에 힘을 꽉 주며 웃어 보였다.

사실은 예의상 한 말이었다. 동창회에 갈 생각 따위 전혀 없었다. 중학교 시절에도, 그 반에도 전혀 애착이 없었으니까. 하지만 알려준 그날이 가까워지자 꼭 가야겠다는 생각이 들기 시작했다. 가지 않으면 그 강해 보였던 친구에게 지는 기분이 들었기 때문이다. 나중에야 알았지만, 그런 점에서는 데루코가 동창회에 나온 이유와 다를 바 없는 이유였다.

동창회 당일, 루이는 종종 무대 의상으로 입기도 하는 몸의 선을 뚜렷하게 드러내는 빨간 니트 원피스에 컬러풀한 비즈 목걸이를 여러 겹 두르고, 입술이 커 보이도록 라즈베리 색 립스틱을 평소보다 10퍼센트 정도 더 진하게 바르고서 동창회에 참전했다. 그리고 쉴 새 없이 웃었다. 질문을 받으면 무엇이든 대답했다. 모든 것을 털어놓지는 않았지만. 첫 결혼을 하고 나서 운명적인 사랑을 만나는 바람에 같이 도망쳤다. 딱 거기까지만 말하고, 그 후의 일에 대해서는 이야기하지 않았다.

모임이 끝날 무렵 데루코를 도와준 것은 데루코에게 시비를 걸던 만취남이 퍼부어대던 더러운 말을 참을 수가 없어서였다. 하지만 그 자식(사실 중학생 때부터 얼굴을 마주 보고는 아무 말도 못하는 주제에 복도에서 루이와 스쳐 지나갈 때마다 혀를 차던 기분 나쁜 놈이었다)을 밀쳐버린 순간, 자신을 억누르던 뭔가가 떨어져 나가는 기분이 들었다. 데루코를 데리고 주점을 나와서 시부야 번화가의 빌딩 지하에 있는 어두컴컴한 바(그곳의 웨이터가 가끔 루이의 노래를 들으러 오는 사람이라 안면이 있었다)를 찾아갔다. 칸막이 안쪽 좌석에 나란히 앉아서, 데루코가 자신의 암흑 같은 결혼 생활에 대해서 조금씩 털어놓는 것을 들으며 같이 분노하는 사이에 마음속의 돌덩이가 점차 사라지더니, 정신을 차렸을 때는 이미 눈가에 눈물이 고여 있었다.

"모리타 너처럼 사랑의 도피라도 할 수 있으면 좋을 텐데. 나는 그럴 상대도, 용기도 없어."

루이에 눈에서 흘러나온 눈물방울이 테이블 위에 떨어진 것을 눈치채지 못한 채 데루코가 그렇게 말했다.

"나랑 같이 도망친 그 사람, 죽어버렸어."

루이가 말했다. 새로운 눈물이 테이블 위에 떨어져서,

이번에는 데루코도 알아챘다.

"죽었다고?"

"작년에. 교통사고로. 참 웃기지? 같이 산 지 4년밖에
안 됐는데. 나, 남편도 아이도 버리고 나왔는데."

"아이? 너 아이가 있었어?"

루이는 어린애처럼 크게 소리 내어 울었다. 남 앞에서
운 것도, 후유코에 대해서 이야기한 것도, 그때가 처음이
었다.

후유코冬子.

겨울에 태어났으니까 겨울 동冬 자를 넣어서 후유코. 루
이의 제안에 첫 남편이었던 사람도 찬성했다. 그 무렵에
는 행복했다. 남편에게 조금씩 불만이 생기기 시작했지만
특별히 사이가 나쁘지도 않았고, 아이의 부모로서 충분히
잘 지낼 수 있을 거라고 생각했다.

하지만 그것은 잘못된 생각이었다. 남편은 루이가 생각
한 것 이상으로 루이를 엄마라는 역할에 가두고 싶어 했
다. 아이는 귀여웠지만, 남편의 모든 말과 행동에 루이는
짜증을 느끼게 되었다. 재즈 베이시스트에게 끌렸던 데는

지금 생각하면 그 탓도 있었던 것 같다.

　사랑의 도피를 떠났을 때 후유코는 네 살이었다. 물론 후유코도 데려갈 생각이었다. 하지만 약속한 그날 밤 남편의 부모님이 집에 찾아왔다. 집에 오신다는 것을 갑자기 알게 되는 바람에 어쩔 수가 없었다. 시아버지와 시어머니가 후유코를 떼어놓으려고 하지 않아서, 딸은 할아버니 할머니와 같이 자게 되었다. 몰래 집을 빠져나가는 것만도 벅찬 상태라 딸까지 데리고 나올 수가 없었다. 나중에 데리러 갈 생각이었지만, 집을 나온 뒤로는 남편도, 남편의 부모님도 후유코를 루이와 절대 만나게 해 주지 않았다.

　한동안은 딸을 빼앗아 올 계획을 세우느라 분주했다. 하지만 그 결심은 시간이 지나면서 점점 흔들렸다. 자신이 저지른 일을 후회할수록, 딸이 어떻게 생각하고 있을지 불안해졌다. 몰래 데리고 나오면 순순히 따라와 줄까? 가기 싫다고 하는 건 아닐까? 안아 든 순간 납치라도 당하는 것처럼 울면서 소리를 지르면 어쩌지?

　행동으로 옮기지 못하고 있는 사이에 베이시스트가 죽었다. 그 충격을 극복하고 간신히 일상으로 돌아와 일을 다시 시작했을 무렵에는 딸을 챙길 기력을 이미 잃어버린 상태였다. 베이시스트는 그 무렵 살고 있던 니시오기쿠보西荻窪의 아파트로부터 겨우 도보 5분 거리에서, 자전거를 타고 집으로 오던 도중에 차도에서 인도로 올라오려고 하다가 넘어졌다. 그때 하필 뒤에서 오고 있던 화물트럭에 치여서 죽은 것은 모두 내 탓이라는 생각이 들었다. 딸을 데려오면 더 나쁜 일이 일어날 것만 같았다. 나는 인간실격이니까. 이런 어머니가 아이를 키워서는 안 돼. 그렇게 생각했다.

"오늘 정말 경사스러운 소식을 들었습니다."

그날 조지의 가게에서 루이는 이렇게 말하며 공연을 시작했다.

"무슨 일인지는 아직 비밀이지만, 기분이 좋으니까 신나는 곡으로 시작해 볼게요."

첫 곡은 〈오 샹젤리제〉였다. 흥을 돋우기에 딱 좋은 곡이다. 겐타로와 요리코의 허락을 받아서 조지에게도 기쁜 소식을 알려 주었기 때문에(물론 겐타로와 요리코는 온 세상에 알려도 OK라는 상태였지만) 조지도 신이 나서 흥겹게 기타를 연주했다. 데루코도 객석에 앉아서 즐겁게 박수를 치면서 "오 샹젤리제!" 부분을 큰 소리로 함께 노래했다. 오늘은 좋은 소식을 들은 날이니까 축하의 의미로 루이의 공연을 보고 돌아가고 싶다고 말을 꺼냈던 것이다. 겐타로와 요리코도 같이 오고 싶어 했지만, 임신한 사실을 알고 금주를 결심한 참이었기 때문에 오늘은 참기로 했다.

하지만 아무래도 컨디션이 썩 좋지 않았다. 흥이 한껏 오르지 않는 기분이었다.

머릿속에 떠오르는 것은 샹젤리제 거리도, 에펠탑도 아닌, 사세보 시내의 상점가였다. 집에서 도망쳐 나오기 전날, 후유코의 손을 잡고 장을 보러 갔었다. 이른 봄의 묵직한 공기 속에 서향나무 꽃향기가 섞여 있었다. 후유코는 라면집에서 파는 어묵을 먹고 싶어 했다. 그 마을에서는 특이하게도 라면집에서 모두 어묵을 팔았다. 따뜻한 냄비 안에 꼬치에 꽂은 달걀, 무, 어묵 같은 것이 들어 있었다. 그것을 먹는 것보다도 고르는 것을 후유코는 좋아했다. 방금 점심을 먹고 나왔는데도 라면집 앞에서 어묵을 사 달라며 울고 떼쓰는 바람에 하는 수 없이 안으로 들어가, 이미 낯익은 주인아저씨의 웃음 속에서 어묵 한 꼬치를 샀다. 후유코가 한참을 고민한 끝에 고른 것은(거의 항상 그것만 고르기는 했지만) 메추리알이 세 개 꽂힌 꼬치였다. 위험하니까 루이가 손에 들고, 걸어가면서 하나씩 먹여 주었다. "자, 아 하렴." 메추리알을 향해 벌어진 작은 입술. 맞잡은 작은 손에서 느껴지던 놀랄 만큼 선명한 체온. 그것이 딸과 보내는 마지막 날이 되리라고는 생각도 하지 못했다.

다음 전주가 시작되었다. 미리 의논한 대로 이번 곡은 〈꿈꾸는 상송 인형〉이다. 이 노래는 일본어로 부른다. 옛날에 이 노래를 일본에서 히트시켰던 다니엘 비달Danièle Vidal*처럼 불러서 분위기를 띄우려 했다. 루이는 귀엽게 몸을 움직이면서 혀짧은 달콤한 목소리로 노래하기 시작했다.

"할머니가 부르기엔 이제 무리 아니야?"

객석에서 누군가가 소리쳤다. 오늘 밤의 손님은 카운터 끝자리에 조용히 앉아 있는 데루코 외에 테이블석에 단

---

* 모로코 태생의 프랑스인 상송 가수. 일본어 음반을 발매하고 방송에도 출연하는 등 일본을 주요 무대로 활동했다. 작은 체구와 귀여운 외모로 프랑스 인형이라는 별명을 얻으며 큰 인기를 끌었다.

체 손님이 둘 있었다. 요즘 자주 찾아주고 있는 근처 정밀기계 제조사의 남자 직원 네 명, 그리고 다른 한쪽은 처음 보는 남성 3인조였다. 정밀기기 직원들은 30대에서 40대, 처음 보는 남자들은 50대에서 60대 정도일까? 그중에서 소리를 지른 것은 60대로 보이는 남자였다.

"쓸데없는 참견은 접어 두세요."

곡의 분위기에 맞춰서 루이는 경쾌하게 대꾸했다. 오랫동안 노래를 해 왔으니, 당연히 이런 야유도 이미 겪어 보았다. 이런 경우에 보일 반응으로는 "충고 고맙게 받을게요"와 "쓸데없는 참견은 접어 두세요"라는 두 종류가 준비되어 있는데, 쓸데없는 참견 말라는 쪽은 기분이 좋지 않을 때 선택하는 경우가 많다. 아니, 정확히는 이렇게 대꾸하고 나서야 루이는 자신의 멘탈이 위태롭다는 것을 깨닫게 되는 것이었다. 그 무리는 공연이 시작되기 전부터 마시기 시작해서, 이미 상당히 취해 있었다. 루이는 남들에 비하면 기본적으로 취객에게 너그러운 편이지만, 이 세 명에 대해서는 공연 전부터 이미 불길한 예감을 느끼고 있었다.

"손님이 듣기 싫다잖아. 그만두라고!"

남자가 또 소리를 높였다. 반농담조로 여유를 부리는 태도였지만, 조금 전의 '쓸데없는 참견'이라는 반응에 자존심이 긁혀서 역정을 내고 있다는 것이 경험상 루이에게는 느껴졌다. 큰일 났다. "충고 고맙게 받을게요." 정도로 넘어갈 걸 그랬다. 일이 귀찮게 되어버렸다. 남자 옆의 일행 두 명은 웃음을 보이고는 있지만 불편해하는 기색이 느껴졌다.

분위기가 험악해지기 시작했다. '어떻게 할까?' 하고 묻는 듯한 얼굴로 조지가 올려다본다. 정밀기기 직원들도 움직임을 멈췄다. 역시 몸을 굳힌 채 '어떻게 할까?' 하고 눈빛을 주고받으며 분위기를 살피는 듯하다. 그리고 카운터에 앉은 데루코 쪽을 보니, 분위기를 살피는 정도를 넘어서 이쪽을 보며 험악하게 인상을 쓰고 이쪽을 보고 있다. 야유를 보내는 남자 쪽으로도 똑같은 시선을 보낸다. 화가 났다는 것이 느껴졌다. 앗, 자리에서 일어서려 한다. 오늘은 그 문신 무늬 팔토시를 하고 오지는 않았지만, 이러다가는 휴게소 때와 비슷한 사태가 벌어질지도 모른다.

"예이, 예이."

루이는 조지에게 눈빛으로 신호를 보내 반주를 멈추게

했다.

"그럼 다른 신청곡 있으세요? 에디트 피아프든 이브 몽탕이든, 좋아하는 가수가 있으면 말씀을……."

"야시로 아키八代亜紀!"*

남자가 소리를 질렀다. 과연, 그렇게 나오시겠다 그거지. 루이는 기운이 빠졌지만, 얼굴에는 티를 내지 않고 〈뱃노래〉 반주를 할 수 있는지 조지에게 물었다. 조지는 고개를 끄덕이고 기타를 연주하기 시작했다.

"술은 따끈하게~"

다니엘 비달이 되어서 노래하는 것이 가능하다면 얼마든지 야시로 아키도 될 수 있다. 루이는 목소리에 바이브레이션을 넣으면서 노래하기 시작했다. 손님과 함께 노래를 부르는 시간에는 장르에 제한을 두지 않으니까, 가요나 엔카를 듀엣으로 부를 때도 있다. 그걸 지금 하는 것뿐이라고 생각하기로 했다.

"하면 되잖아! 좋았어, 할망구!"

기분이 풀린 듯한 남자를 향해 방긋 미소 지으며 머리

* 다수의 히트곡을 자랑하는 일본의 대표적인 엔카 가수. 엔카의 여왕이라 불린다.

를 숙여 보이고는, 루이는 무대에서 객석으로 내려왔다. 우선 카운터의 데루코에게 다가가 "홀짝홀짝 마시면~" 하고 후렴구를 부르면서, 달래듯이 등을 토닥였다. 데루코가 루이를 올려다보았다. 그 얼굴이 너무 슬퍼 보여서 마음이 아팠다. 루이는 입술에 힘을 꾹 주고 입꼬리를 올리며 웃어 보였다.

친구란 참 좋은 거야. 정확히는 데루코가 친구라서 너무 좋다. 데루코가 존재한다는 것, 내가 살아가는 이 세계에서 데루코도 살아가고 있다는 것은 나에게 격려임에 분명하지만, 때로는 두려운 일이 되기도 한다고 루이는 생각했다. 데루코는 때때로 열쇠가 된다. 그 열쇠로 나는 지금까지 몰랐던 곳, 가본 적 없는 곳, 가고 싶어도 가지 못했던 곳, 갈 용기가 나지 않았던 곳으로 갈 수 있지만, 그 열쇠는 내가 보이지 않는 척해왔던 곳으로 통하는 문까지도 스르륵 열어버린다.

"데루코, 그거 입어봐도 돼?"

다음 날 아침 루이가 물었다. 불쏘시개로 쓸 작은 가지를 줍기 위해 둘이 같이 산책을 나가려던 참이다. 왜 그런 말을 했는지는 자신도 알 수가 없다.

"그럼, 괜찮아. 그런데……."

말끝을 흐리며 데루코는 이미 걸치고 있던 패딩 점퍼를 벗어서 루이에게 건넸다. 아마 그런데 작아서 불편하지 않을까? 하고 말하려 했을 것이다.

루이는 데루코의 빨간 패딩 점퍼에 팔을 끼웠다. L사이즈인 루이에게 M사이즈인 데루코의 패딩은 분명 꽉 꼈다. 하지만 못 입을 정도는 아니다.

"오늘은 바꿔서 입지 않을래?"

데루코는 수상쩍다는 듯이 루이를 보았다. 하지만 이유는 묻지 않은 채 "그래, 좋아" 하고 승낙했다. 데루코가 루이의 핑크색 패딩을 걸치자, 그 색깔과 데루코의 체형이 맞물려 기묘한 동물 인형 옷을 입은 것처럼 보였다.

오늘은 날씨가 좋지 않다. 구름이 낀 것치고도 묘하게 더 어둡다. 한층 더 추워진 느낌도 든다. 비가 오려나. 데루코가 말하자 그러게, 하고 루이가 대꾸한 것을 끝으로 둘은 말없이 길을 걸었다. 데루코가 어제 조지의 가게에서 일어난 사건을 떠올리고 있다는 것을 루이는 알았다. 루이 자신도 그랬으니까.

결국 어젯밤에는 그 뒤로 계속 엔카를 불러야 했다. 〈뱃노래〉를 부른 뒤에는 〈북녘의 여인숙〉, 〈겨울나기 제비〉, 〈눈물의 절개〉로 이어졌다. 그 남자뿐만 아니라 루이와 마찬가지로 그의 기분을 맞출 이유가 있어 보이는 그 일행이 잇달아 노래를 신청했기 때문이다. 차마 보기 힘들었는지 정밀기기 직원들이 한 번 〈버찌가 여물 무렵〉이라는 유명한 상송을 신청해 주었지만, 루이가 그 노래를 부르기 시작하자 남자가 다시 야유를 하기 시작하는 바람에 그들은 실망한 기색으로 가게를 나가버렸다. 그래서 루이는 결국 남자의 요구를 받아줄 수밖에 없었다. 남자의 기분을 거슬러서 그 일행까지 나가버리면 조지에게 너무 미안할 것 같아서였다. 정작 조지는 반주를 하면서도 계속 흘깃흘깃 루이의 상태를 살피며 어떻게 해야 할까 고민하는 듯했다. 루이는 여느 때처럼 입술에 힘을 주어 웃으며 그를 안심시켰다. 서비스업에 종사하는 입장에서 참아야 할 타이밍이라고 생각했다. 젊었을 때는 이런 경우 남자를 내쫓든가, 때로는 그 전에 자신이 먼저 마이크를 집어던지고 가게를 나가버렸겠지만, 이제는 더 이상 젊지도 않고, 돈도 그때보다 더 없는 처지니까.

데루코는 조용히 자리를 지켰다. 이제 일어서려고도 하지 않고, 슬픈 표정을 한 채 그저 엔카를 부르는 루이를 가만히 바라보고 있었다. 그날 밤, 함께 집으로 돌아가면서도 무알코올 맥주가 의외로 맛있다든가, 겐타로와 요리코는 정말 잘됐다든가 그런 이야기는 했지만, 그날 밤의 사건에 대해서는 한마디도 입에 올리지 않았다. 무엇보다 그 일로 루이는 납덩이가 매달린 쇠사슬에 다리가 묶여 있는 듯한 기분을 느끼고 있다.

데루코가 어깨를 들썩이면서 "참 무겁네, 이거" 하고 중얼거렸다.

7
데루코

어젯밤 꿀에 버무려 둔 무는 딱 좋게 절어 있었다. 데루코는 그 국물을 컵에 따라서 따뜻한 물을 탔다.

"마셔봐. 조금이라도 효과가 있어야 할 텐데."

화목난로 앞에 딱 붙어 앉아 있는 루이에게 건넨다. 루이는 말없이 받아 들고는 홀짝홀짝 마셨다. "응, 딱 좋다." 데루코를 올려다보며 그렇게 말했지만, 그 목소리는 완전히 쉬어 있었고, 표정도 그다지 '딱 좋아' 보이지 않았다. 며칠 전부터 루이는 목 상태가 좋지 않았는데, 불편감과 통증이 점점 심해지는 모양이었다.

"감기가 아니라고?"

데루코도 루이 옆에 앉았다. 11월의 마지막 주에 들어서자 추위가 제법 심해져서, 집 안에서는 난로 앞에 머물 때가 많아졌다. 장작을 아껴 쓰고 있는 탓도 있지만, 이 집은 원래 피서 목적으로 지은 것이다 보니 단열 효과가 그다지 좋지 않은 모양이다. 설명서에 있는 것처럼 '화목난로 하나면 온 집 안이 따끈따끈'해지지는 않았다.

오전 10시, 아침 식사 시간은 이미 지났지만 루이는 카페오레를 한 잔 마셨을 뿐 식욕을 거의 느끼지 않는 듯했다.

"감기는 아니야. 직업병 같은 거라서. 하지만 괜찮아. 전에도 이런 적 있었거든. 내버려 두었더니 곧 나았어."

전혀 괜찮지 않은 모습으로 루이는 말했다. 루이는 실내복과 잠옷을 겸하는 트레이닝복 상하에 오렌지색의 울 스웨터를 겹쳐 입고 있다.

"지난번에 엔카를 마구 불러 젖힌 게 문제였나 봐. 이상하게 성대를 써버려서."

"그래, 그게 문제였던 것 같아."

그 사건에 대해서 데루코는 계속 마음에 걸려 하고 있었기 때문에 저도 모르게 말투가 날카로워졌다.

루이는 어깨를 으쓱였다. 루이가 기관총 같은 기세로

그 남자에게 욕을 퍼붓기를 데루코는 만반의 준비를 하고 기다렸지만, 루이는 말이 없었다.

"그러고 보니 말이야, 그 영감, 그 뒤로 또 왔었어."

무슨 소리를 하는가 했더니, 루이가 이렇게 말하는 바람에 데루코는 깜짝 놀랐다. 뭐가 어째? 또 왔다고? 왜 지금까지 말하지 않았던 걸까?

"……그래서? 또 엔카를 부르라고 하든?"

"아니. 시끄럽게 신청곡을 넣기는 했지만 이번엔 샹송뿐이었어. 이번엔 다른 사람들과 같이 왔는데, 자기가 샹송을 잘 안다고 자랑하고 싶었던 것 같아."

"정말 웃긴 사람이네. 난 그런 사람 진짜 싫어. 조지 씨도 그러면 안 되지. 그런 사람은 내쫓아 버려야 하는 건데."

"뭐, 서비스업이니까. 그 영감도 나름대로 영향력 있는 사람인 모양이고."

루이가 데루코의 말을 괘념치 않는 듯이 말해서, 데루코는 눈을 부릅떴다. 루이가 이렇게 말하다니, 믿어지지 않는다. 영향력? 영향력이라고? 영향력이 있든 말든 그래서 뭐 어쩌라는 거야?

"루이…… 너 몸 상태가 진짜 안 좋은 것 같은데?"

"괜찮다니까."

루이는 귀찮다는 듯이 말했다. 루이는 손으로 바닥에 깔린 러그(완전히 색이 바랜 낡아빠진 페르시아 문양의 러그를 벽장 안에서 발견했다)의 털을 잡아 뜯기 시작했다.

"그 영감, 이웃 별장지 주민이래."

"뭐야. 정말?"

"정년퇴직하고서 부부가 이쪽에 내려와 살고 있대. 곧 사모님 생일이라던데. 같은 별장지 주민들을 집으로 초대해서 매년 성대하게 생일 파티를 한다더라고."

데루코는 눈썹을 찌푸린 채 말이 없었다. 그 남자 얘기는 하나도 궁금하지 않은데 루이는 왜 나에게 이런 말을 하는 걸까?

루이는 러그를 계속 잡아 뜯고 있다.

"……그래서, 나보고 그 생일 파티에 와서 노래를 부르지 않겠냐는 거야."

"미친 거 아니야?"

데루코는 소리 높여 말했다. 이런 말은 텔레비전에서 젊은 사람들이 자주 쓰고, 도시로도 종종 썼지만 데루코는 아주 싫어했다. 그런데 지금, 그보다 10퍼센트는 더 센

버전이 저도 모르게 입에서 튀어나왔다(사람은 정말 어이
가 없으면 이렇게 말하게 되는 거구나. 유행어라고 생각했지만,
사실 인간의 자연스러운 감정 표현이었는지도 모르겠다고 데
루코는 순간 생각했다).

"잘도 그런 말을! 사람을 어디까지 무시하려는 거야?"

"하지만 1시간에 5만 엔을 주겠다고 하는 거야."

"미친 거 아니야?"

"그래서 나, 승낙할까 하는데."

데루코는 기막혀하며 루이를 보았다. 이번에는 말도 나
오지 않았다. 그때까지만 해도 혼나는 어린애 같았던 루
이가 울컥한 표정을 지었다.

"그치만 돈은 필요하잖아. 장작값도 벌어야 하고. 돈을
벌려면 무시 좀 당하는 건 감수해야지. 먹고산다는 게 그
런 거잖아."

"……그렇게 생각해?"

데루코는 머릿속이 혼란스러워져서 간신히 그렇게 중
얼거렸다. 루이의 표정이 한층 더 험악해졌다.

"네가 뭘 알아! 이러니저러니 해도 불과 얼마 전까지 돈
걱정 해본 적 없이 살았으면서. 먹고살려고 일해본 적도

없는 주제에. 애초에 일이라는 걸 안 해봤잖아."

루이의 말투는 지금이야말로 기관총 같았다. 그 기세로 루이는 그 무례한 남자가 아니라, 데루코를 공격하고 있다. 데루코는 영문을 알 수가 없었다.

"……나도, 일한 적 있어."

간신히 그렇게 받아쳤지만 시하시 선생님의 조수로 일하던 때는 노동이 아닌 사랑의 기억이라서, 목소리는 한없이 기어들어 갔다. 루이도 그것을 '일'로 쳐주지 않을 것 같았다.

하지만 루이는 그렇게 말하는 대신 심하게 기침을 했다.

"나, 좀 누워 있을게."

갈라진 목소리로 그렇게 내뱉고 루이는 위층으로 올라갔다.

루이의 모습이 보이지 않게 되자, 데루코는 일어서서 소파로 이동했다.

집안이 더 추워진 기분이 들었다. 게다가 어두컴컴하다. 기분까지 축 처지는 찌뿌둥한 날씨다. 대낮인데도 촛불이나 랜턴을 켜고 싶어질 정도로 어두웠지만, 정작 불을 켜면 오히려 더 우울해질 것만 같았다.

소파 구석에 놓아두었던 가방 안에서 지갑을 꺼내 내용물을 확인했다. 천 엔 지폐가 네 장, 그리고 약간의 잔돈이 들어 있다.

물론 이것이 전 재산은 아니다. 계좌의 저금은 아직 별로 줄지 않았다. 연금도 들어오고 있다. 그렇다고 늘어나지는 않는다. 들어오는 돈보다 나가는 돈이 많기 때문이다. 그 속도는 생각보다 빨랐다. 연금 외에도 루이가 노래를 불러서 버는 수입이 있지만, 사실 돈이 줄어드는 속도에는 거의 영향을 미치지 못한다. 하물며 내가 카드 점으로 버는 수입(지금까지 총액 3천 엔) 따위는 언 발에 오줌 누기는커녕, 언 발에 벼룩 오줌 정도도 될까 말까다.

"네가 뭘 알아! 먹고살려고 일해본 적도 없는 주제에. 애초에 일이라는 걸 안 해봤잖아."

루이의 말이 되살아났다. 루이의 말대로다. 루이는 분명 나보다 훨씬 현실적으로 돈에 대해서 생각하고 있었을 것이다.

나라고 아무 생각 없었던 것은 아니다. 단지 지금 있는 이곳이 너무 즐거워서, 생각하는 것을 뒤로 미루고 있었을 뿐이다.

데루코는 흘긋 천장을 바라보고서 한 번 한숨을 쉬고, 스마트폰을 만지기 시작했다. 실은 지금까지 여러 번 시도해 봤던 것을, 오늘도 해 보았다. 오늘은 이제까지와는 절박함의 정도가 다르니까 잘될지도 몰라. 그렇게 생각했지만, 역시 마음과는 달리 잘되지 않았다. 그 계획을 실행에 옮기는 수밖에 없으려나……

한번 더 시도해 보면서 데루코는 소파 구석에 눈길을 주었다. 거기에는 막 뜨기 시작한 털실이 있다. 뜨고 있는 것은 케이프라고 한다. 케이프가 완성되면 세트로 모자도 뜰 생각이라던가. 며칠 전 함께 쇼핑을 갔을 때 루이가 "털실을 좀 사도 될까?" 하고 조심스럽게 말을 꺼냈다. 겐타로와 요리코에게 출산 선물을 해 주고 싶다는 것이었다. 남자아이든 여자아이든 사용할 수 있어야 한다면서 루이는 크림색의 털실을 골랐다.

이제 막 뜨기 시작했을 뿐이지만, 코와 코가 이어지며 예쁜 무늬를 만들어내고 있다. 재봉도 그랬지만, 루이가 의외로 뜨개질을 잘한다는 사실에 데루코는 안쓰러운 기분이 들었다. 자신의 딸을 위해서도 루이는 부지런히 뜨개질을 하거나 재봉을 하지 않았을까? 지금 케이프를 뜨면서 그때의 일을 떠올리고 있지는 않을까?

발소리에 얼굴을 들자, 계단 중간에서 루이가 유령처럼 이쪽을 내려다보고 있다.

"미안하지만, 병원에 좀 데려다 줄 수 있을까?"

갈라진 목소리로 루이가 말했다.

항상 가는 슈퍼마켓에서 역을 끼고 반대쪽에 있는 종합병원으로 데루코는 차를 몰았다.

오후 3시. 오후 진료가 시작된 직후였지만 둘이 도착한 무렵에 이비인후과의 대기실은 이미 환자로 가득했다.

"너는 차에서 기다려. 일단 집에 가 있을래? 끝나면 전화할게."

"여기서 같이 기다릴래."

"그치만 꽤 오래 기다릴 텐데? 초진인 데다 예약도 안 했고. 앉을 곳도 없어."

"아, 저기, 자리 비었다."

둘과 비슷한 연배의 남자와 그 동행인인 듯한 여자가 있던 곳에 간호사가 다가와서 그들은 자리에서 일어섰다.

그쪽으로 가서 루이는 소파에 앉고, 데루코는 그 옆의 벽에 기대어 서 있었다.

"앉아."

"괜찮아. 나는 환자도 아니고."

"그럼 집에 가."

"싫어."

하지만 결국 데루코도 루이 옆에 앉았다. 어쩐지 머리가 지끈거려서 서 있기가 힘들어졌기 때문이다. 나란히 앉아서도 둘 다 전혀 입을 열지 않았다. 루이는 소리를 내기가 힘들 테고, 데루코는 몸속에서 눈덩이처럼 커져가는 불안에 목구멍이 꽉 막혀 있는 기분이었다.

병원에 발을 들인 것은 오랜만이다. 언제가 마지막이더라……. 2년 정도 전에 옆구리 통증의 호소하는 도시로를 따라갔던 것이 마지막인 것 같다. 도시로의 통증은 요로결석이 원인이었는데, 약만 먹어서 나았고 데루코도 다행히 지금까지 계속 건강했다. 그래서 데루코는 어느새 병원이라는 장소를 의식에서 지워버리고 있었던 것 같다.

지금, 데루코는 병원에 와 있다. 루이의 동행인이 되어서. 벽은 연한 핑크색, 소파는 황토색이고, 여러 가지 색의 옷을 입은 다양한 연령의 사람들이 여기에 가득 모여 있다. 소파의 합성 피혁과 소독약이 섞인 냄새가 났다. 벽에는 곳곳에 게시물이 붙어 있다. 이렇게 정보량이 많은데도, 사람들이 소곤소곤 이야기를 나누는데도, 진료 순서를 알려주기 위해 이름을 부르는 소리가 끊임없이 들려오는데도, 고요하게만 느껴지는 장소.

루이의 목 상태가 나빠진 게 심각한 병 때문이면 어떡하지?

이렇게 기운이 없는 루이는 처음이다. 자기 입으로 병원에 데려가 달라고 부탁하다니, 어지간히 상태가 나쁜 게 틀림없다. 전에도 비슷하게 아팠다가 금방 나았다고는 했지만, 거짓말일지도 모른다. 이번에는 그때보다 훨씬 더 상태가 안 좋을지도 몰라. 목만 아픈 게 아니라, 나에게 말만 안 했을 뿐이지 사실 그 외에도 아픈 곳이 있을지도 몰라……

병.

죽음.

두 단어가 지금까지는 전혀 다른, 예리한 칼날 같은 형태가 되어 데루코의 마음속을 들쑤셨다.

물론 사람은 언젠가는 죽는다. 당연히 알고 있는 사실

이다. 하지만 꼭 지금이 아니라도 괜찮잖아요. 데루코는 하늘 어딘가에 있는 신적인 존재(문득 떠오른 것은 보라색 베레모였지만)를 향해 기도했다. 나와 루이는 '이제부터' 시작인데.

2시간 가까이 기다린 뒤에야 간신히 순서가 되어서 루이는 진찰실로 들어갔다. 다시 나온 것은 30분 정도 지나서였다. 문이 열리고, 루이의 모습이 나타나자 데루코는 저도 모르게 눈에 눈물이 고였다. 두번 다시 만나지 못할 것 같은 기분에 휩싸여 있었던 것이다.

"어머, 얘 좀 봐. 왜 울고 그래. 내가 불치병에라도 걸린 것 같잖아. 어? 혹시 그런 거야? 내가 자리 비운 동안 누가 너한테 그러든?"

데루코는 울면서 고개를 저었다. 루이의 목소리는 여전히 쉬어 있었지만, 집에 있었을 때보다는 생기가 느껴졌다.

결국 루이의 예상대로였다.

진단은 이전에도 겪었던 '성대 결절'로, 일종의 직업병이다. 성대를 너무 많이 쓰는 것이 원인이라는 것도 루이의 말대로였다. 루이가 털어놓은 말에 의하면, 이번에는 이전과 달리 통증이 상당해서 성대 결절보다 더 까다로운 '성대 폴립'일까봐 걱정했다고 한다.

"뭐, 성대 결절도 심하면 수술을 하기도 한다는데, 일단 은 보존 요법으로 가자고 하더라고."

집으로 돌아와 파와 감자를 넣은 수프(배가 고프다고 해 서 데루코가 서둘러 만들었다)를 먹으면서 루이는 의사의 진단을 보고했다.

"보존 요법이라고?"

자신도 수프를 떠먹으면서 데루코가 물었다. 서둘러 만 든 것치고는 맛있네, 하고 생각한다. 아까만 해도 현기증 이 날 정도로 불안에 떨고 눈물까지 흘렸는데, 지금은 수 프를 만들어 먹으면서 맛을 따질 기분이 되었다는 것이 기뻤다.

"되도록 목소리를 쓰지 말래."

"지금 쓰고 있잖아."

"말 정도는 하게 해줘. 요약하자면 염증이 나을 때까지 는 노래하지 말라고."

"그렇구나. 그렇겠지! 나을 때까지는 어쩔 수 없지!"

데루코는 저도 모르게 큰 소리로 말해버렸다. 한동안 노래를 하지 못한다는 건 안 된 일이지만, 그 남자의 파티에 노래를 하러 갈 수도 없을 테니까 말이다.

"돈 걱정은 하지 마. 내가 어떻게든 할 테니까."

루이가 있어 주기만 한다면 뭐든지 할 수 있어, 하고 다시 한번 결의를 다지며 데루코는 말했다. 루이는 아무 말도 하지 않았지만, 그건 '보존 치료'를 위해서일 거라고 데루코는 생각했다.

그 주의 토요일, 루이는 조지의 가게 일을 쉬겠다고 이야기했다.

데루코는 안심했다. 병원에 갔다온 뒤 이틀이 지나자 루이의 쉰 목소리는 상당히 나아졌는데, 일단 급한 불은 껐으니 일하러 가겠다고 나설까봐 걱정하고 있었기 때문이다.

"나는 장 보러 갈 건데, 같이 갈래?" 하고 권해 보았지만 "오늘은 얌전히 집에 있을게. 슈퍼마켓에 갔다가 단골손님을 만나기라도 하면 곤란하니까 말이야"라는 대답이 돌아왔다. 그건 그러네. 데루코는 그렇게 생각하고, 그날 오후는 혼자 차를 타고 나갔다. 루이의 상태가 미묘하게 이상하다는 생각은 들었지만, 아직 완전히 회복되지 않았으니 평소와 다른 것도 당연하다고 생각하기로 했다.

장을 보고서(오늘은 버섯 매장에 사람이 많았다. 도쿄에서는 보기 힘든 이 지역의 특이한 버섯이 있어서 몇 종류 사보았다) 데루코는 '카레와 술이 있는 곳 조지'까지 걸어가 조심스레 문을 두드렸다.

카운터 안쪽 구석에 앉아서 책을 읽고 있던 조지는 데루코를 눈치채지 못했다. 데루코가 다시 한번 좀 더 강하게 문을 두드렸다. 조지는 겨우 얼굴을 들고, 허둥거리며 문을 열러 다가왔다.

"문 잠겨 있지 않은데요."

"그건 알지만, 멋대로 문을 여는 건 실례일 것 같아서."

"루이 씨는 자기 집 같은 얼굴로 들어오는걸요."

"진짜 자기 집처럼 생각하는 게 아닐까요?"

데루코가 후후후 웃자 조지도 헤헤헤 하고 기쁜 듯이 웃었다. 조지는 오늘도 꽃무늬 셔츠를 입고 있다. 지금까지는 '꽃무늬'라고만 인식하고 있었는데, 사실은 여러 가지 꽃무늬 셔츠를 가지고 있는 걸까, 아니면 같은 무늬 옷을 여러 벌 갖고 있는 걸까? 문 앞에서 마주 본 채 잠시 두 사람 다 말이 없었다. 조지는 데루코가 혼자서 찾아온 이유를 생각하고 있을 것이다. 데루코는 표면상의 이유를 미처 생각하지 못했다.

"저, 그 셔츠."

"루이 씨 상태는 좀 어떤가요?"

두 사람의 목소리가 맞물렸다.

"아, 맞다. 그걸 설명하러 온 거였어요. 조지가 걱정하면 안 되니까요. 루이가 부탁해서."

조지가 물어봐 주어서 다행이다. 들어오시죠. 얼마간 의심쩍어하면서도 조지가 들어오라고 말해 주어서 데루코는 카운터석의 의자에 앉았다. 조지도 안으로 들어왔는데, 카운터 위에는 아까까지 그가 읽고 있던 문고판 책이 있었다. 샐린저의 《아홉 가지 이야기》. 데루코는 저도 모르게 "어머나!" 하고 큰 소리를 내고 말았다. 집을 나올 때 슈트케이스에 넣어 온 세 권의 책 중 한 권이었기 때문이다.

"이 책 정말 재미있죠?"

"으응…… 재미있는 것 같으면서도 잘 모르겠기도 하고."

데루코 앞에 커피를 내려놓으면서 조지는 머리를 긁었다.

"아, 하지만 하나 재미있는 것이 있더군요. 데루코 씨와 루이 씨 같은 이야기가 있었어요."

"〈코네티컷의 비칠비칠 아저씨〉 말이죠? 맞아요! 나도 그걸 읽을 때마다 그렇게 생각했어요!"

그 단편은 오랜만에 재회한 두 여자가 만취해서 추억에 몰두하는 이야기다.

"그것도 재미있는 건지 슬픈 건지 잘 모르겠지만, 그래도 둘 사이에서만 통하는 뭔가가 있는 것 같아서 조금 찡했어요."

"맞아요, 그렇죠. 조지 씨, 그 이야기 다음에 루이에게도 말해 주세요."

데루코의 기세에 눌렸는지 조지는 고개를 끄덕거렸다.

"영업시간에는 느긋하게 얘기하기가 힘들잖아요. 다음에 저 없을 때 우리 집에 놀러 오세요."

"아니, 데루코 씨도 같이 얘기해요."

"제가 이래 보여도 바쁘거든요."

조지는 다시 흔들이 인형처럼 고개를 끄덕였다.

"앞으로도 루이를 잘 부탁해요."

그렇다. 오늘 데루코가 여기에 온 목적은 이 말을 하기 위해서였다. 조지는 당황한 얼굴로 저야말로요, 하고 대답했다.

"데루코 씨 혹시 몸이 어디 안 좋으세요?"

"아니요. 아주 건강해요. 왜요?"

"아니, 뭔가 유언 같은 말을 하니까."

"그럴 리가요. 하지만 뭐, 굳이 말하자면 생전 장례식에서 하는 인사 같은 거라고나 할까요."

"생전 장례식이라고요……."

조지는 전혀 이해가 안 된다는 얼굴이었다. 데루코는 커피를 다 마시고는 "잘 마셨어요" 하고 미소 지으며 자리에서 일어났다. 가게를 나오고서야 루이의 상태에 대해서 조지에게 설명하려다 깜빡했다는 것을 깨달았다. 뭐, 괜찮아. 조지 씨는 분명 직접 루이에게 전화할 테니까. 루이가 먼저 전화를 걸지도 모르고. 그편이 훨씬 좋을 테니까. 데루코는 그렇게 생각했다.

사실 그 시점까지 데루코의 결심은 아직 확실히 굳어 있지 않았다.

마음이 굳어진 것은 집에 돌아와서였다. 루이가 없었

다. 그리고 테이블 위에 갈겨쓴 메모가 있었다.

일하러 갔다 올게. L.

데루코는 조지에게 전화를 걸었다. 루이가 거기 있는지를 확인하기 위해서가 아니라(애초에 조지의 가게에 가기에는 너무 이른 시간이었다) 그 남자의 주소를 알아내기 위해서였다. 조지는 그의 이름과 별장지의 명칭을 알고 있었다. "전망대 바로 옆이라고 자랑하는 걸 들었어요. 그런데 왜요? 무슨 일 있나요?" "아무것도 아니에요. 잠깐 전해줄 것이 있어서요." 데루코는 그렇게 말했다. 그런 뒤 장을 봐온 식재료를 바닥에 내팽개친 채 방금 내린 차에 다시 올라탔다.

루이의 말대로 그곳은 인근에 있는 다른 별장지였다. 차로는 10분도 걸리지 않는 거리였다. 하지만 걸어서라면 완만한 비탈길을 30분은 족히 걸어가야 한다. 루이는 택시를 불렀을까, 아니면 절약하기 위해서 걸어갔을까? 어느 쪽이든 루이는 처음부터 갈 생각이었던 거야. 여러 가지 감정이 밀려오는 통에 데루코는 머리가 터져버릴 것 같았다.

　관리사무소 앞에 있는 별장지 안내도를 보고 전망대를 찾았다. 두 곳의 전망대 중에서 처음 찾아간 곳은 주위가 조용했다. 그리고 두 번째로 찾아간 전망대 바로 앞에서 차가 세 대 세워져 있는 집을 발견했다. 데루코는 갓길에 BMW를 세우고 부지 안으로 들어갔다. 스웨덴풍의 황록색 벽에 하얀 창틀을 설치한 그 집(딱 그 남자에게 어울리는 집이네, 하고 생각하니 부아가 치밀었다)에 가까이 다가가자 집 안의 소리가 들려왔다. 틀림없이 그 남자의 웃음소리다. 루이의 목소리는 들리지 않았다.

　데루코는 초인종을 눌렀다. 머리가 터져버리기 직전이라 조지의 가게를 찾아갔을 때와는 달리 버튼을 쉴 새 없이 연타했다. 문을 연 것은 그 남자였다. 이름이 뭐라더라. 방금 조지에게 들었는데 잊어버렸다. 이름 따위 기억할 필요도 없어. '그 남자'로 충분해. 데루코는 그렇게 생각하면서 말했다.

　"제 친구를 데리러 왔어요."

　"뭐? 친구라고요?"

　데루코의 박력에 압도당한 듯한 남자의 등 뒤로 열린

문을 통해 실내를 들여다볼 수 있었다. 활활 타오르는 화목난로가 보이고, 그 앞에 소파가 있다. 루이는 몇 명의 손님들과 함께 그중 한자리에 앉아 있었다. '공연'은 아직 시작하지 않은 걸까? 아니면 몇 곡 정도 부르고 난 뒤일까?

"루이!"

데루코가 소리치자 루이는 깜짝 놀라며 자리에서 일어섰다.

"뭐야, 이 가수 지인이요?"

태세를 만회하듯이 남자가 말했다.

"친구예요."

"뭐 하러 온 거요?"

"데려가려고요."

"무슨 소리예요. 오늘은 우리 아내의 생일이라고. 그래서 고용했단 말이야. 공짜로 부른 줄 아나? 이거 봐요."

남자는 주머니에서 접은 지폐 몇 장을 꺼내서 데루코의 코앞에 들이밀었다. 대체 이게 무슨 무례람. 데루코는 울컥해서 그것을 뺏어 들었다.

그러고는 구두를 벗고(구둣발로 올라가지 않을 정도의 분별은 간신히 남아 있었다) 집 안으로 들어갔다. 그곳은 지금 데루코와 루이가 사는 집보다 훨씬 따뜻하고, 꽃과 그림과 샹들리에로 화려하게 꾸며져 있었고, 맛있는 냄새가 떠돌았다. 그 모든 것이 짜증스러웠다. 루이를 포함해 그 자리에 있던 모든 사람이 멍하니 이쪽을 보고 있는 앞을 지나 데루코는 화목난로 앞까지 걸어갔다. 그리고 난로 문을 열고는 남자에게서 빼앗은 지폐를 난로 안에 집어던 졌다. 지폐는 순식간에 재가 되어 사라졌다. 흥. 데루코는 생각했다. 하찮아. 돈 따위 겨우 이 정도에 불과한 건데.

"루이, 돌아가자."

손을 잡아끌자 루이는 어안이 벙벙한 얼굴로 순순히 따라왔다. 역시 입을 반쯤 벌리고 선 남자를 밀치면서 그 집을 나왔다.

"미안해."

차에 올라타고서 루이는 작은 소리로 말했다.

"이 바보."

데루코는 이렇게 말했다. 그길로 두 사람은 아무 말도 하지 않았다.

"안 내려?"

집에 도착했을 때 루이가 물었다.

"먼저 들어가."

루이가 차를 내려서 집 안으로 들어가는 것을 지켜보고 데루코는 차를 출발시켰다.

통화 연결음이 세 번 들린 후 전화가 연결되었다. 데루코의 심장은 의외로 고요했다.

"데루코! 데루코 맞아?"

도시로의 목소리는 격양되어 있었다. 데루코는 그 목소리를 듣고 오히려 마음이 차분히 가라앉았다. 희미한 죄책감과 함께, 나는 이미 이 사람의 아내이기를 그만두었다는 압도적인 안도감. 다만 '데루코'라고 불리는 것은 신선했다. 결혼하고 얼마 안 되고부터 도시로는 데루코를 "어이", "너", "거기"로밖에 부르지 않았으니까.

"걱정시켜서 미안해요."

데루코는 말했다. 데루코는 지금 외부 유료 주차장에 차를 세워두고 전화를 걸고 있다. 오후 6시 조금 전. 집 전화를 받았으니까, 도시로는 집에 있을 것이다.

"아니, 도대체…… 대체 뭘 하고 다니는 거야? 지, 지금 어디야? 어디 있어?"

"지금 조금 멀리 와 있어요. 이제부터 도쿄로 갈 거예요. 7시에 긴자에서 만날 수 있을까요?"

"기, 긴자?"

"긴자에 있던 독일 음식점 기억해요? 예전에 몇 번 같이 갔던 곳이요. 찾아보니까 아직 있더라고요. 거기에서 7시에 만나요. 앞으로 어떻게 할 건지 얘기 좀 해요."

"왜 안 돌아오는 거야? 왜 집에서 안 만나고? 도대체 왜……?"

당황한 도시로의 목소리를 끝까지 듣지 않고, 데루코는 전화를 끊었다. 의미심장한 분위기는 잡아 놓고 음식점 이름도 말하지 않은 것은 불친절하기 짝이 없지만, 어쩔 수 없다. 집에서 긴자까지는 전철이든 택시든 1시간 가까이 걸린다. 7시에 도착하려면 지금 당장 집을 나서야 한다. 도시로는 그렇게 할 것이다. 그러지 않으면 집을 나간 아내를 되찾을 방도가 없으니까.

데루코는 그대로 15분 기다렸다가 차에서 내렸다.

여기서부터는 조금 위험이 따른다. 왜냐하면 도시로에게 조금 멀리 와 있다고 말한 것은 거짓말이고, 지금 데루코는 전에 살던 맨션 바로 근처에 와 있기 때문이다. 이 길은 맨션에서 역으로 향할 때 걸어서든 택시로든 지나가지 않는 길이다. 그러니까 이 길을 지나서 집으로 향해도 도시로와 마주칠 걱정은 없다. 물론 100퍼센트는 아니다. 도시로가 아직 집을 나서지 않은 경우, 지금부터 집을 나설 경우에는 데루코가 맨션으로 향하는 그 자체가 위험한 일이 된다.

데루코는 빨간 니트 모자를 깊이 눌러 쓰고, 큰 선글라스에 마스크까지 장착하고서 천천히 걷기 시작했다. 모자와 선글라스와 마스크는 오는 도중 휴게소에서 구입했다. 이 정도 변장으로 도시로를 속일 수는 없겠지만, 데루코의 얼굴을 아는 이웃 주민들이 말을 걸어오는 것은 피할 수 있을 것이다.

맨션 앞에 도착하자 데루코는 공동현관을 열기 전에 인터폰을 먼저 걸어 보았다. 응답이 없다. 도시로가 집에 있으면서 인터폰을 무시하고 있지는 않을 것이다. 물론 방금 집을 나섰거나, 방금 엘리베이터를 탔을 가능성은 있다. 여기부터는 도박이다. 데루코는 맨션 안으로 들어갔다. 엘리베이터 홀을 재빨리 지나 계단으로 2층까지 올라간 뒤, 거기에서 엘리베이터를 타고 8층에서 내렸다. 문이 열릴 때 눈앞에 도시로가 서 있을까봐 심장이 두근거렸지만, 아무도 없었다. 같은 층의 주민과 마주치지도 않은 채 무사히 집 앞까지 왔다. 현관문은 잠겨 있었다. 데루코는 열쇠를 살짝 밀어 넣어 문을 열었다.

현관에도, 복도에도 전등이 환하게 켜져 있었다. 신발장 앞에 도시로의 신발이 여기저기 흩어져 있다. 따뜻하다. 조금 전까지 난방을 넣고 있었거나, 난방을 켜 둔 채로 나가버렸을 것이다. 희미하게 쉰내 같은 것이 난다. 환기를 시키지 않은 탓이겠지. 쓰레기를 쌓아두었을 수도 있고.

데루코는 도시로의 서재, 욕실, 화장실, 침실, 거실과 식당 순서로 문을 열어 보고 도시로가 아무 데도 없다는 것을 확인했다. 안도의 한숨이 나왔다. 어쨌든 그는 내가 건 전화를 받고 집을 나섰다. 그 정도의 필요성을 남편이 아직 자신에게 가지고 있다고 생각하니 죄책감의 눈금이 몇 미리 더 올라가는 것 같았지만, 필요성과 애정은 다른 거니까 하는 생각이 들어서 바로 눈금을 원래대로 되돌렸다.

냄새에서 예상했듯이 집 안은 엉망진창이었다. 부엌의 싱크대에는 더러워진 그릇이 쌓여 있고, 빈 컵라면 용기를 처박은 비닐봉지가 바닥에 몇 개씩 놓여 있다. 식탁 위에도 그릇이 그냥 있고, 그뿐 아니라 우편물과 전단지가 산처럼 쌓여 있다. 소파 위에는 벗어서 내팽개친 트레이닝복과 가디건. 방금 살짝만 들여다본 침실과 욕실, 화장실은 굳이 확인하고 싶지도 않았다.

그중에서 도시로의 서재만이 데루코가 있을 때와 거의 변한 것이 없어 보였다. 이 방은 원래 난잡했다. 일종의 '치외법권'이라서 데루코가 마음대로 청소를 하지 못했기 때문이다. 그리고 어쩌면 데루코가 집을 나간 이후로 도시로는 이 방을 별로 사용하지 않았을 수도 있다. 데루코만 없으면 서재에 틀어박혀 몰래 할 필요도 없을 테니까.

데루코는 서재 안으로 들어갔다. 이 방이야말로 오늘 여기까지 온 목적이었다. 찾는 것은 비밀번호다. 집을 나가기 전에 우연히 발견한 OTP를 사용할 수 있게 만들기 위한, 그의 숨겨둔 계좌의 로그인 비밀번호.

사실 데루코는 안일하게 생각하고 있었다. 지금까지 도시로가 사용한 비밀번호는 하나뿐이었다. 도시로의 첫 글자(대문자) T와 데루코의 첫 글자(소문자) t. 거기에 둘의 생일을 연결한 문자열. 데루코가 그것을 알고 있는 것은 도시로의 심부름으로 돈을 이체하거나 카드 결제를 한 적이 있었기 때문이다. 더 복잡한 비밀번호로 하는 게 낫지 않겠어요? 하고 여러 번 이야기했지만, 자기가 기억하기 힘들다며 계속 그 비밀번호를 어디에든 똑같이 사용하고 있었다. 네 글자 비밀번호일 때는 데루코의 생일을 넣었다. 그러니까 그 OTP의 계좌도 같은 비밀번호로 들어갈 수 있을 거라고 생각하고 있었다. 하지만 불가능했다. 조합을 바꿔가며 시도해 보았지만, 세 번 잘못 입력해서 로그인을 차단당하고 말았다.

스마트폰으로 시간을 확인한다. 6시 23분. 도시로가 긴자에 도착해서, "예전에 몇 번 같이 간 적이 있는" 독일 음식점의 이름을 생각해 내고, 그곳을 찾아가서, 데루코를 기다리다가, 결국 포기하고 다시 돌아오기까지는 얼마나 걸릴까? 시간이 제법 걸리겠지만, 충분하다고 할 정도는 아니다. 컴퓨터 앞으로 직행한다. 운이 좋으면 비밀번호를 적은 메모지를 컴퓨터 주위에 붙여 두었을 수도 있다고 기대했지만, 딱히 눈에 띄는 것은 없었다. 밖에 붙여 두지 않았다면 컴퓨터 내부일까? 컴퓨터는 절전모드로 되어 있었고, 암호가 걸려 있지도 않아서 손쉽게 가동할 수 있었다. 비밀번호를 찾기 위해서 데루코는 파일들을 이 잡듯이 뒤졌다.

없다.

컴퓨터의 파일들은 도시로가 회사에 다니던 시절에 저장했던 업무에 관계된 것이거나, 아니면 인터넷에서 저장한 듯한 야한 사진이 대부분이었다. 약 1시간 뒤, 데루코는 진저리를 내며 컴퓨터 앞에서 일어났다. 도시로는 비밀번호를 컴퓨터 안에 저장해 두지는 않은 모양이다. 그렇다면 종이에 적어 두었거나, 쉽게 기억할 수 있는 기호나 숫자라는 뜻이다.

데루코에게는 별장지에 있을 때부터 계속 생각하던 것이 있었다. 하지만 그것을 실행하려면 나름의 각오가 필요했다. 이제 각오는 끝났다. 데루코는 도시로의 책상 서랍을 뒤지기 시작했다.

이번에는 목표물을 금방 발견할 수 있었다. 데루코가 집을 나가서 방심했다기보다는, 데루코가 있을 때부터 특별히 숨길 생각이 없었을 것이다. 자신의 아내가 남편의 책상 서랍을 뒤지리라고는 꿈에도 생각하지 않았을 테니까. 하물며 거기에 보관한 수첩을 몰래 보리라고는— 데

루코 자신도 그런 짓을 하려고는 지금까지 한번도 생각한
적이 없었다.

지금 데루코는 도시로의 수첩을 뒤지고 있다. 회사에서
지급한 다이어리형 수첩으로, 책상 오른쪽 서랍의 가장
아래 칸에 스물 몇 권이 한꺼번에 수납되어 있었다. 데루
코는 마음에 짚이는 해의 수첩들을 꺼내서 넘기기 시작했
다. 도시로에게 애인이 있던 시기였다.

물론 도시로는 숨기고 있었지만, 그런 종류의 비밀은 일
부러 찾지 않아도 알아버리는 법이다. 퇴근 시간의 변화,
데루코에게 유난히 더 함부로 대하는 것, 그런가 하면 돌
발적으로 '좋은 남편' 행세를 하려 드는 것. 휴일에 도시로
가 집에 있을 때 한번씩 데루코가 받으면 바로 끊어버리는
전화가 걸려 오기 시작하자 데루코는 아, 역시 그랬구나
하고 생각했다. 교제 기간은 아마 3년 전후였다. 어떤 시기
부터 도시로가 '부하 여직원' 중 한 사람이 일을 잘 못한다
는 둥, 화장이 너무 진하다는 둥 하며 데루코에게 험담을
하는 일이 이어졌는데, 아마 그 부하 여직원이 그녀일 테
고, 이제 헤어진 모양이라고 데루코는 짐작하고 있었다.

그런 일이 한창 이어질 때조차도 데루코는 남편의 수첩

을(물론 휴대폰도) 훔쳐볼 생각을 해본 적이 없었다. '증거'를 잡아서 도시로를 추궁하고 애인과 헤어지게 한다든가, 그러지 않으면 이혼하겠다고 나선다든가, 그런 과정을 자신이 견딜 수 있을 것 같지가 않았다. 난 용기가 없었어. 데루코는 생각했다. 아니, 나는 스스로를 가둬놓고 있었던 거다. 도시로가 나를 가둬 놓았다고 그때는 생각했지만, 나를 가둬 놓고 있었던 것은 나 자신이었던 것이다.

그래서 지금 데루코는 모든 용기와 의지를 쥐어짜서, 도시로의 수첩을 넘기면서 그가 애인에 대해 남긴 기록을 찾고 있다. 수첩에 알아볼 수 있게 적혀 있는 것은 일과 골프 스케줄뿐이었지만, N이라는 알파벳과 함께 19:30이라든가, 20:00과 같이 시간이 기입되어 있는 것이 애인과의 데이트 일정일 거라고 추측되었다. 데루코는 3년분의 수첩을 모조리 뒤졌다. 그러자 3년 모두 10월 3일에만 N이라는 글자에 동그라미가 쳐져 있었다. 생일일 거야. 데루코는 그렇게 추리했다. 데루코의 생일도, 도시로의 생일도 아니다. 그러니까 애인의 생일이 틀림없다.

데루코는 바로 발견한 OTP 은행의 인터넷 뱅킹 사이트에 접속했다. 비밀번호란에 도시로의 T와 애인의 N, 그리고 도시로의 생일 0809와 애인의 생일 1003을 합친 숫자를 넣고 로그인해 보았다. "비밀번호가 올바르지 않습니다." 잠시 실망했지만 퍼뜩 떠오르는 생각이 있어 T의 뒤를 소문자 n으로 바꿔서 다시 입력해 보았다. 찾았다! 생각해 보면 알 수 있는 것이었다. 다른 계좌의 비밀번호와 같은 법칙을 따라 만들었던 것이다. 자신의 머리글자는 대문자로. 아내나 애인의 머리글자는 소문자로. 그리고 각각의 생일.

그 계좌에는 약 3천만 엔이 들어 있었다. 도시로의 퇴직금이다. 퇴직금용 계좌를 따로 만든 것은 가능하면 손대지 말고 그대로 유지하기 위해서였는지도 모른다. 그 계좌의 비밀번호에 애인의 머리글자와 생일을 사용하는 심리는 이해하고 싶지도 않지만, 그런 짓까지도 할 법하다는 예상이 맞아떨어져서 로그인 할 수 있게 되었으니 다행이라고 치자.

그 뒤로는 계획대로 일이 진행되었다. 조금 고생하기는 했지만, 데루코도 알고 있던 도시로의 또 다른 계좌를 경유하는 방법으로 1천만 엔을 자신의 계좌로 입금하는 데 성공했다(도시로가 인터넷 뱅킹에 이체 한도를 설정해 두었을

지가 가장 큰 걱정거리였는데, 다행히 설정해 두지 않은 상태였다. 귀찮은 건 딱 질색인 사람이니까, 꼭 필요한 최소한의 설정밖에 하지 않았을 거라고 데루코가 생각했던 대로였다). 살짝 마음이 불편했지만 나에게는 이 정도의 권리가 있다고 마음을 고쳐먹었다. 사실 차를 출발시킬 때만 해도 퇴직금의 절반을 가져갈 생각이었다. 하지만 막상 이렇게 되니 적당히 하자 싶어서 3분의 1로 줄였다. 이렇게 한걸음 물러서고 마는 것은 나의 좋은 점일까, 나쁜 점일까? 루이였다면 당연히 나쁜 점이지! 하고 말할 거라고 데루코는 생각했다.

이걸로 목적은 달성했다. 데루코는 OTP를 원래 있던 장소로 되돌려놓으려고 하다가 잠시 고민하고는 가져가기로 했다. 도시로가 계좌의 돈이 인출된 것을 눈치채고 비밀번호를 바꾸거나 계좌를 해약하는 등 대책을 세울 수도 있지만, 어쩌면 오랫동안 눈치채지 못할지도 모르고, 언제 다시 필요해질 때가(물러설 여유조차 없을 때가) 올지도 모른다. 이렇게 주도면밀(?)한 것은 나의 좋은 점일까, 나쁜 점일까?

그렇게 데루코는 도시로의 서재를 나왔다. 현관으로 가려고 복도를 지나 거실로 들어섰다. 새삼 주위를 둘러보았다.

다 알아. 데루코, 너 집 안 청소를 하고 싶지? 적어도 설거지만이라도 해놓고 가고 싶다든가 생각하고 있을 거야.

데루코 안의 데루코가(혹은 루이가) 말했다. 아니, 전혀. 데루코는 고개를 저었다. 실제로 데루코는 그 자리에서 움직이지 않았다. 부지런히 집 청소를 하는 자신의 환영(또는 잔상)이 보였다. 저건 예전의 나야. 데루코는 생각했다. 여기에 있었을 때의 나. 이상한 생각이지만, 이전에 여기 있던 때의 나라면 분명 지금 이 집을 청소하기 시작했을 것이다. 도시로를 위해서가 아니라, 그렇게 하면 쓰레기나 잡동사니와 더불어 자신의 슬픔과 불만까지도 사라질 것 같아서. 불쌍한 나. 용기가 없어서, 스스로 자신을 묶어놓고 있던 나. 하지만 나는 이미 이전의 내가 아니야.

크게 한숨을 한 번 쉬고(그 한숨에는 여러 가지 의미가 담겨 있었다) 데루코는 이번에야말로 현관으로 향했다.

저녁 8시 22분이었다. 8시 반까지는 괜찮을 거라고 생각했지만, 만일에 대비해서 이번에도 2층에서 엘리베이터를 내렸다.

발소리를 죽이며 계단을 내려간다. 층계참까지 왔을

때, 맨션 입구의 공동 현관이 열리는 소리가 들려서 멈춰섰다. 예감이랄까, 거의 확신에 가까운 느낌에 데루코는 층계참에서 머리만 살짝 내밀어 엘리베이터 홀을 살폈다. 도시로가 걸어오고 있다.

머리를 숙인 채 고개를 젓고 있다. 엘리베이터 홀에 도착하자 벽의 버튼을 누르고 엘리베이터 쪽을 향해 섰다. 계단과는 직각 방향을 바라보고 있어서, 소리만 내지 않으면 눈치챌 염려는 없어 보였다. 손에는 비닐봉지를 들고 있다. 분명 내용물은 편의점의 도시락이나 컵라면일 것이다. 오늘 밤 먹을 음식이겠지. 독일 음식점에서는 아무것도 주문하지 않았던 걸까? 찾아가는 데 성공하기는 했을까? 도시로의 왼발이 바닥을 툭툭 찬다. 쳇, 하는 소리가, 데루코가 끔찍이 싫어하는 혀 차는 소리가 들려올 것만 같다. 데루코는 흠칫 놀랐다. 자신의 눈에 눈물이 고여 있는 것을 깨달았기 때문이다. 기묘한 그리움과 함께 이제 두 번 다시 이 사람과 만날 일은 없을 거라는 확신이 들었다. "잘 있어요." 데루코는 소리 없이 중얼거렸다. 그것은 도시로에게가 아니라, 그의 아내였던 자신에게 하는 말이었을지도 모른다. 엘리베이터가 도착하고, 도시로는 그 안에 올라탔다.

맨션을 나서서 무사히 차에 올라타고 출발하려던 참에, 데루코는 문득 생각이 나서 스마트폰의 전원을 켰다. 예상대로 도시로가 건 몇 건의 부재중 전화와 예상을 넘는 수의 루이로부터의 부재중 전화가 와 있었다. 그것을 보고 있는 사이에 바로 전화벨이 울리기 시작했다.

"데루코? 데루코니?"

루이의 목소리를 듣자, 다시 눈물이 나려 했다. 나는 이제 도시로의 아내가 아니야. 나에게는 루이가 있어. 이 얼마나 행복한 일인가.

"걱정시켜서 미안해."

"뭐 하고 있어? 지금 어디야? 도대체 왜……"

주고받는 말이 몇 시간 전에 도시로와 나눈 대화와 거의 같다는 것을 깨달았다. 하지만 그 안의 의미는 전혀 달라. 데루코는 생각했다.

"이제 돌아갈 거야. 이따 봐."

데루코는 콧물을 훌쩍이며 스마트폰을 향해 밝은 목소리로 말했다.

8
루이

이쪽으로 다가오는 헤드라이트.

그때의 광경을 루이는 몇 번이고 다시 떠올려 본다.

간신히 통화가 연결되고 "이제 돌아갈 거야. 이따 봐"라는 데루코의 목소리를 들은 뒤, 루이는 수도 없이 집 안팎을 들락거렸다. 도쿄에서 돌아오는 거라면 두 시간은 걸릴 거라고 생각하면서도, 한 시간이 지날 즈음부터는 계속 밖에 나가 주위를 살폈다.

그러다 간신히 나무 울타리 저편으로 달려오는 차의 헤드라이트가 보였다. 차체는 아직 보이지 않아서, 저 라이트가 이 집 앞을 지나 점점 멀어지는 것은 아닐까 조마조

마하며 지켜보았다. 라이트는 일단 나무 사이로 사라졌지만, 곧 엔진 소리와 함께 데루코의 BMW가 나타났다. 아직 안심할 수 없어. 데루코가 아니라 데루코를 붙잡은 누군가가 내릴지도 몰라. 루이는 그렇게 생각하면서 경계 태세를 갖췄다. 차에서 내린 것은 데루코였다. 바보 데루코. 물론 루이는 "바보 데루코!" 하고 소리쳐 주었다.

바보 같은 데루코는 도쿄의 집에 갔다 왔다고 한다. 무려 남편의 퇴직금을 '조금 나눠 갖기' 위해서. 데루코는 한참 고민한 끝에 이 표현을 채택하기로 했다고 한다. 조금이라니, 그게 얼만데? 하고 묻자 천만 엔이라는 것이다. 퇴직금이 원래 얼마였는데? 하고 묻자 천만 엔보다는 많았어, 조금은 남겨 뒀어 하고 입을 삐죽거리며 대답했다. 뭔가를 숨기고 있는 듯한 표정이었지만, 일단 천만 엔을 자신의 계좌로 이체했다는 것은 진짜인 것 같다. 아무런 설명도 없이 나를 집 앞에 내려놓은 채 차를 끌고 나가버린 바보 데루코는 내가 죽도록 걱정하는 사이에 영화에 나오는 스파이 같은 활동을 하고 있었던 것이다.

"그럴 거면 왜 그렇다고 말을 안 하는데? 왜 멋대로 혼자 나가버리는 거야?"

루이는 버럭 화를 냈다. 밤 11시, "쫄쫄 굶었지 뭐야"라면서 토마토와 달걀에 수제비 같은 것이 들어간 수프(집에 들어와 그동안의 경위를 설명하면서 그런 것을 뚝딱 만들었다)를 만족스럽게 먹고 있는 데루코를 향해서.

"루이도 멋대로 혼자 나갔잖아."

그것이 데루코의 대답이었다. 데루코에게 말하지 않고 그 영감의 집에 노래를 하러 간 것을 말하는 것이다.

"그래서 뭐? 눈에는 눈 이에는 이다 그거야?"

"지금 생각해 보면 그런 생각이었는지도. 하지만 제대로 돌아왔잖아."

"그건 당연한 거고!"

그러고서 루이는 부엌으로 가서 냄비 안에 남은 수프를 그릇에 덜어와서는 데루코의 맞은편에 앉아 먹기 시작했다. 데루코와 마찬가지로 자신도 쫄쫄 굶고 있었던 것을 그제야 깨달았다. 데루코의 안위가 걱정되어서 저녁 식사 따위는 완전히 잊어버리고 있었던 것이다. 수프는 맛있었다. 따뜻하고 부드러운 맛이 났다. 루이는 잠시 먹는 데 열중하다가, 흘깃 데루코를 보았다. 역시 이쪽을 훔쳐보고 있던 데루코가 방긋 웃었다. 루이는 흥 하고 콧방귀를 돌려주었다.

바보 같은 데루코.

지금 루이는 종합 병원의 이비인후과 대기실에 앉아서 그날 밤의 일을 되새겨 보고 있다. 오늘은 데루코가 따라오지 않았다. 루이의 성대에 대해서는 이미 진단을 받았고, 이제 회복을 기다리기만 하면 된다는 것을 알았기 때문에 루이를 병원까지만 데려다주고 마야에서 기다리고 있다.

루이는 다시 한번 흥, 하고 콧방귀를 뀌려다가 대신 하하하 하고 웃어버렸다. 큰일 났다. 이제 한동안은 흥, 하고 콧방귀를 뀌는 태도를 보이려고 했는데.

그러나 한바탕 웃고 나서도 계속 웃음이 밀려 올라왔다. 집에 숨어들어서 남편의 수첩을 뒤진 끝에 애인의 생일을 발견해서 비밀번호를 찾아내다니. 애인의 생일을 비밀번호로 쓴다는 최악의 발상은 웃을 일이 아닐지도 모르지만, 그것을 이야기하던 데루코의 득의양양한 표정을 떠올리면 역시 웃음이 나온다. 이제 됐어. 웃을 일이라고 치자. 루이는 생각했다. 게다가 예상외의 큰돈을 손에 넣기도 했고(그것에 대해서는 아직 전혀 실감이 나지 않는다).

"모리타 루이 님."

이름을 부르는 소리에 루이는 싱글싱글 웃는 얼굴로 일어섰다.

진찰 결과도 아주 좋아서, 일주일 뒤에는 무리하지 않는 선에서 노래를 불러도 좋다는 말을 듣고 루이는 기분좋게 병원을 나섰다.

주차장을 가로지르려는데, 저 앞에 멈춰 서 있던 차의문이 열리고, 아는 얼굴이 내렸다. 스나가와砂川와 그의 아내였다. 스나가와는 생일 파티에 루이를 불렀던 그 남자의 이름이다. 그리고 데루코가 5만 엔을 빼앗아 불태워버린 남자이기도 하다.

두 사람도 루이를 알아보았다. 루이는 저도 모르게 경계 태세를 취했지만, 스나가와는 굳은 얼굴로 한번 흘긋보고는 곧 눈을 피했다. 아내 쪽은 곤란한 듯한 표정으로 고개를 살짝 숙여 인사했다. 그래서 루이도 인사를 건네고 그들 앞을 지나쳤다.

스나가와의 성질머리를 생각하면 5만 엔에 정신적 피해보상금까지 더해서 갚으라는 말 정도는 할 줄 알았는데, 맥이 풀렸다. 병원에 온 걸 보면 어디 상태가 안 좋은 걸까? 스나가와의 아내에 대해서는 지난번 만났을 때부터 나쁜 인상은 갖고 있지 않았다.

그날.

데루코가 외출한 사이에 집을 빠져나와 걸어서 인근 별장지까지 갔다. 안내도를 보고 스나가와의 집을 찾아가 그 문 앞에 섰을 때 루이는 이미 온 것을 후회하고 있었다.

먹고 산다는 게 그런 거잖아. 데루코에게 말한 '여기에 온 이유'를 오는 도중 내내 그랬듯이, 문 앞에서도 되뇌었다. 하지만 그때마다 "……그렇게 생각해?"라는 데루코의 말이 작은 목소리였음에도 천둥처럼 마음속에 울려 퍼졌다. 5만 엔이면 큰돈이야. 루이는 데루코에게 항변했다. 만약 이 파티에서의 공연이 호평을 받으면 또 다음 기회에 불러줄 수도 있고, 다른 집에서도 불러줄지도 몰라. 아무래도 여기는 산속이라서, 오락거리가 없으니까 말이야. 그러자 데루코의 목소리가 "……그걸로 만족해?"라고 중얼거렸다.

역시, 돌아가자. 루이는 결심했다. 그렇다. 이건 꼭 데루코에게도 꼭 강조하고 싶은 부분이다. 루이는 돌아가려고 했다. 하지만 그때 한 여자가 거실 창가에 서서 이쪽을 보고 있다는 것을 눈치챘다. 눈이 마주치자 그 여자는 곤란한 듯이 꾸벅 고개를 숙였다. 스나가와의 아내라는 것을 어째선지 알 수 있었다. 문을 열어준 것도 그 여자였다. 생일인데, 그날의 주역인데, 문을 열어주려고 나온 것이다. "안녕하세요. 오늘은 죄송하게 되었어요." 스나가와의 아내는 그렇게 말하고 슬퍼 보이는 얼굴로 루이를 바라보았다.

루이는 그녀의 이름을 알지 못했다. 스나가와가 '우리 아내'라고밖에 소개하지 않았기 때문이다. 스나가와와 비슷한 60대 중반 정도의 연배에 몸집이 크고 뚱뚱했는데, 그날 그녀는 계속 슬픈 표정을 하고 있었다. 이 사람은 왜 스나가와 같은 남자와 결혼했을까? 하는 것이 그때 가장 먼저 머릿속에 떠오른 생각이었지만, 그녀의 표정은 그것만은 묻지 말아 달라고 애원하는 듯이 보였다. 그날 거실에는 스나가와 부부 외에도 다른 두 쌍의 부부가 있었다. 루이가 집 안으로 들어가자 스나가와가 "가수님이 납셨습니다!" 하며 호들갑스럽게 루이를 소개했고, 손님들은 짝짝짝 박수를 보냈다. 그 표정이나 스나가와의 행동을 보아 이 사람들은 조지의 가게에서 있었던 일을 들었던 모양이라고 루이는 추측했다. 스나가와 이외에는 모두 어딘가 당혹스러운 얼굴을 하고, 어떤 태도를 취해야 할지 아직 결정하지 못하고 있는 듯했다.

이것도 역시 데루코에게 말하고 싶은 것이었는데, 그날 루이는 이렇게 결심했다. 오늘은 스나가와의 아내를 위해 노래하자고. 그녀가 기뻐할 만한 멋진 생일 파티로 만들자고. 스나가와 씨 집의 주방에는 생일 케이크가 준비되어 있었는데, 스나가와가 그것을 엄숙하게 꺼내 오면, 그 타이밍에 맞춰서 루이가 마릴린 먼로 흉내를 내며 섹시하게 생일 축하 노래를 부르기로 되어 있었다. 그것을 시작으로 프라이빗 미니 콘서트를 시작할 계획이었다. 결국 마릴린 먼로의 무대를 시작하기도 전에 데루코에게 붙잡혀 그 집을 나오게 되었지만.

마야에 도착하자 문밖에까지 웃음소리가 들려왔다. 그 웃음소리에 스스로도 깜짝 놀랄 정도로 안도하면서, 루이는 문을 열었다. 요리코와 겐타로가 폴짝거리면서 손을 흔들어 맞이해 준다. 언제나의 '몸 둘 바를 모르겠는' 감각이 루이를 덮쳤지만, 그것에 대해서도 슬슬 내성이 생기기 시작했다. 원래도 기분 나쁜 감각은 아니었다. 행복과 불행 중 고르라고 하면 틀림없이 행복에 가깝다. 하지만 아마 그것이 진정하지 못하게 되는 요인이기도 한 것 같다.

"연말에 요리코의 어머니가 일본을 방문하신대."

아무 설명도 없이 데루코가 말을 꺼냈다. 뭐? 일본 방문? 순간적으로 의미를 이해하지 못하고 루이는 반복해서 말했다.

"일본 방문이라고 하니까 꼭 해외 아티스트 같네요."

겐타로가 말했다. 아하하. 아하하하. 요리코와 데루코가 신나게 웃는다.

루이는 데루코의 맞은편에 앉았다. 역시나 다른 손님은 없다.

"저희 어머니가 이탈리아 사람과 결혼해서 시칠리아에 살고 계시거든요."

요리코가 설명했다. 아, 그래서 일본을 방문한다는 거구나.

"그러니까…… 아기가 태어나니까?"

"어머님이 아기를 낳으시는 건 아니지만요!"

겐타로가 다시 끼어들면서 농담을 던지는 바람에 아까보다 더 큰 웃음소리가 터져 나왔다. 이 세 사람은 어찌 되었든 이 사태가 즐거워서 어쩔 줄 모르는 것 같다.

그로부터 경쟁하듯이 입을 모아 추가 설명을 해 준 내용을 정리하자면, 요리코의 출산에 맞춰서 요리코의 어머니가 도와주러 올 예정인데, 그때는 장기 체류를 하게 될 예정이라 미리 여러 가지 준비를 하기 위해서 연말에 미리 일본을 방문한다는 것이었다. 좀 더 간단히 말하자면 요리코의 어머니는 딸의 임신 소식을 듣고 도저히 가만있을 수가 없었다는 것 같다. 이탈리아인 파트너도 함께 온다고 한다.

"정말 기대되겠다. 요리코의 어머니도. 그리고 이탈리아 분도."

루이는 그렇게 말하고서 문득 스나가와의 아내를 떠올렸다.

"그 이탈리아 분은 이름이 어떻게 돼요?"

"마시모라고 해요."

"요리코의 어머니는?"

"이름이요?"

"응. 앞으로 누구든 이름으로 부르기로 했거든."

"후유코예요."

"후유코?"

"네. 후유코 페라리."

"후유코라고……?"

루이가 말을 꺼낸 그때, 문이 열렸다. "어서 오세요." 요리코와 겐타로가 입을 모아 인사했다. "우왓." 루이는 소리 내어 놀라고 말았다. 들어온 것이 스나가와와 그의 아내였기 때문이다.

둘 다 루이와 데루코가 있는 것을 보고 놀라고 있다. 그대로 발길을 돌려 나가는 줄 알았더니, 스나가와는 기진맥진한 듯이 입구에서 가장 가까운 의자에 걸터앉았다. 상당히 기운이 빠져 있는 느낌이다. 스나가와의 아내가 이쪽을 향해 목례를 했다. 루이는 저도 모르게 데루코를 보았지만, 데루코는 아무 일도 없었던 것처럼 시치미를 떼고 인사를 건넸다. 새삼 스나가와를 공격할 생각은 없는 모양이다.

그래도 분위기가 어색한 것은 어쩔 수 없다. 애써 무시하려 하고 있지만 어쩐지 스나가와 부부의 대화에 귀를 기울이게 된다. 목소리가 작아서 뚜렷하게 들리지는 않았지만, 스나가와의 아내가 최선을 다해서 남편을 설득하고 있는 분위기다.

"아, 맞다. 크리스마스 파티를 하자는 이야기를 했어."

조금 부자연스러울 정도로 밝게 데루코가 말했다.

"여기를 빌려서 말이야. 조지 씨도 부르고. 시간이 맞을 것 같으면 물론 요리코의 부모님도 같이 모여서……."

"어머, 좋은 생각이다."

루이는 다시 그녀의 이름을 떠올렸다. 후유코. 요리코 어머니의 이름. 어떤 한자를 쓸까? 한번 물어볼까?

그때 덜컹 의자 끄는 소리가 들렸다. 스나가와가 일어서서 비틀거리며 화장실로 향했다. 고개를 푹 숙이고 있는 것이, 아무래도 상태가 좋지 않아 보인다.

"괜찮아요?"

루이가 저도 모르게 스나가와의 아내에게 물었다. 스나가와의 아내는 여전히 슬픈 얼굴로 고개를 끄덕였다.

"지금 속이 좀 안 좋아서요. 정신적인 스트레스를 받으면 금방 이렇게 돼요. 몸 상태가 좀 안 좋아서 병원에 갔더니 검사를 하라는 말을 들어서……. 무거운 병일 가능성도 있다고 하지 뭐예요."

"저런, 어쩌면 좋아."

루이와 데루코가 한목소리로 말했다.

"저, 실례지만."

루이는 스나가와의 아내를 불렀다.

"이름이 어떻게 돼요?"

스나가와 아내의 이름은 미도리라고 했다.

스나가와 미도리. 루이는 침실에 모자와 장갑을 가지러
왔다가 괜스레 그 이름을 반복해서 불러 보았다. 다음에
만나면 '사모님'이 아니라 '미도리 씨'라고 부르자. 이제
만날 기회가 없을지도 모르지만.

후유코.

다시 그 이름이 떠올랐다. 후유코 페라리. 요리코 어머
니의 이름이다. 어떤 한자를 쓰는지 물어볼 기회를 놓친
채 시간이 지나버렸다. 발음은 같아도 전혀 다른 한자를
쓸지도 모른다. 설령 한자까지 같은 후유코라고 해도 그
것이 나의 후유코일 리는 없다. 요리코의 어머니가 내 딸
이라니. 우연이 그렇게 척척 들어맞을 수가 있을까?

그런데도, 어쩔 수 없이 생각하게 된다. 요리코가 몇 살이더라. 스물셋? 넷? 스물넷이라고 하자. 나의 후유코는 올해 마흔아홉이 될 테니까, 후유코 페라리가 만약 나의 후유코라고 한다면, 스물다섯에 요리코를 낳은 셈이다. 가능성은 있다. 나이만 보면 얼마든지 가능한 얘기다. 아이, 아니야. 그 비슷한 나이의 모녀는 세상에 얼마든지 있다. 데루코가 적당히 고른 별장지 근처의 마을에서 내 손녀가 카페를 하고 있다고? 그런 우연이 있을 리가.

아무도 보지 않는데도 루이는 절레절레 손을 저었다. 그러다 문득 손이 멈췄다. 뭔가가 마음에 걸렸던 것이다. 별장지 근처의 카페……? 아니, 그게 아니야. 별장지……. 데루코가 적당히 고른 별장지……?

창밖에서 빨간색이 어른거린다. 하얀색 속의 빨간색. 어제 저녁나절에 내린 진눈깨비가 밤사이에 눈이 되었는지 아침에 일어나자 바깥은 온통 새하얗다. 차를 끌고 나갈 수가 없을 지경이라 이제부터 데루코와 둘이서 눈을 치워야 한다. 빨간색은 데루코의 패딩이다. 데루코는 이미 밖에 나가 있다. 루이는 후유코에 대한 생각을 머릿속 한구석에 밀어 두고 서둘러 모자와 장갑을 착용했다.

"우와아아."

밖으로 나가자 저도 모르게 탄성이 나왔다. 눈은 이미 그쳐서 태양이 얼굴을 내밀고 있다. 적설량은 5센티미터 정도였지만. 집을 둘러싼 나무들의 가지가 온통 눈으로 뒤덮여서 반짝반짝 빛나고 있다. 정말 아름답다. 그리고 제법 만만치 않을 것 같은 느낌이다.

제설용 삽과 대형 쓰레받기 비슷한 도구를 데루코가 발견해서 꺼내왔다. 도로에서 집까지 이어지는 완만한 경사로의 눈을 데루코가 쓰레받기로 밀어내고, 완전히 떨어지지 않은 부분은 루이가 삽으로 정리한다는 식으로 분업을 했다.

"너, 눈 치워본 적 있어?"

작업 개시 후 약 5분 만에 루이는 데루코에게 말을 걸었다. 데루코는 고개를 저었다.

"맨션 앞의 눈은 관리소에서 치워 줬거든."

데루코도 작업하던 손을 멈추고 대답했다.

"그랬겠지."

시니어 레지던스로 들어가기 전에 루이가 살았던 곳은 아파트였는데, 역시 눈은 치운 적이 없었다. 저절로 녹아

버렸던 걸까, 아니면 누군가가, 이를테면 아래층 대학생이 치워 주었던 걸까? 굉장히 고마운 일이었네 하고 루이는 절실히 생각했다.

"이거, 그냥 내버려두면 저절로 녹지 않을까?"

루이는 다시 말을 걸었다. 작업 개시 후 10분.

"기온이 낮으니까 녹기 전에 얼어버릴걸? 얼어버리면 지금보다 치우기 훨씬 더 힘들지 않을까?"

헉헉거리면서 데루코가 대답했다. 숨을 헐떡이고 있는 주제에 냉정하다. 그리고 확실히 데루코의 말대로다. 루이는 각오를 다졌다.

"도로도 치워야 해?"

루이는 세 번째로 목소리를 높였다. 작업 개시 후 30분. 경사로는 거의 흙이 보일 정도가 되었다. 허리가 아프다.

"음……. 도로까지 치우지 않으면 장을 보러 갈 수가 없는데 어쩌지."

으악. 루이가 마음속으로 비명을 지른 그때, 덜커덩 덜커덩, 그그그극 하는 기묘한 소리가 들려왔다. 경사로 아래쪽에 있던 데루코가 루이가 있는 부지 입구까지 올라왔다. 길 맞은편에서 까만 지프차가 모습을 드러냈다. 차 앞

부분에 지금 데루코가 가지고 있는 쓰레받기 비슷한 도구의 대형 버전 같은 것이 붙어 있다. 차가 움직이면서 눈을 치우고 있는 것 같았다.

"와! 구세주다! 정의의 수호자!"

루이는 저도 모르게 삽을 집어던지고, 폴짝폴짝 뛰면서 박수를 쳤다. 진정해, 루이도 참. 데루코에게 팔을 붙잡혔지만, 이미 늦었다. 지프차는 속도를 늦추더니 두 사람 앞에서 멈췄다. 검은색 패딩을 입은 청년이 차에서 내렸다.

"안녕하십니까."

청년은 붙임성 좋게 인사를 했다.

"안녕하세요. 고생 많으십니다."

데루코가 방긋 웃으며 인사를 건넸다. 루이도 서둘러 고개를 숙였다.

"웬일이세요, 겨울인데 별장에 다 오시고……. 어?"

청년은 선글라스를 벗더니 루이와 데루코를 신기하다는 듯이 바라보았다.

"죄송합니다. 이케다池田 님이신 줄 알고 그만. 이케다 님도 같이 오셨지요?"

"아, 일이 있어서 좀 늦게 오실 거예요."

데루코가 태연하게 대답했다.

"우리는 먼 친척 되는 사람이에요."

루이도 그렇게 말하며 몸을 배배 꼬았다.

"아…… 그러시군요."

청년은 조금 의심쩍어하며 선글라스를 다시 썼다.

"이케다 씨가 오시면 과일 케이크 감사하다고 전해 주십시오. 관리 사무소 사람들이 다 같이 맛있게 먹었습니다. 나중에 다시 한번 찾아뵙겠습니다."

루이와 데루코는 생글생글 웃으며 고개를 끄덕였다. 물론 마음속으로는 식은땀을 줄줄 흘리면서.

임차 중인(이것이 데루코의 표현이다) 별장 주인의 이름은 '이케다'였다.

식료품 이외에 개인 정보가 있을 법한 서랍 같은 것은 가능한 열지 않도록 하고 있어서, 오늘 처음으로 그 사실을 알았다. 관리인 청년이 우리를 보고 처음에는 이케다 씨가 와 있다고 처음에는 착각했던 걸 보면, 이케다 씨나 적어도 그 가족 중에 누군가는 나이 지긋한 여성일지도 모른다. 그리고 이케다 씨는 아마도 수제 과일 케이크를 매년 관리 사무소로 보내주는(데루코의 말로는 "관리 사무소만이 아닐 거야. 열 개 정도 구워서 크리스마스 겸 연말 선물로 보낼 것 같은데. 카포티 소설에서처럼 말이야"라고 한다) 사람이다.

"이케다 씨, 무서운 사람이네."

카포티의 소설을 읽어본 적은 없지만, 일단 루이는 그렇게 말했다.

"무서운 사람이네."

데루코도 고개를 끄덕였다. 그러나 진짜로 무서운 것은 이케다 씨 본인이 아니라는 것을 두 사람 모두 알고 있었다. 다만 아직 그 건에 대해서는 입에 올리지 않았을 뿐이다.

"크리스마스 파티를 하려고 해요."

일단은 즐거운 것부터 생각하기로 하고, 루이는 조지에게 이렇게 말했다. 저녁 영업은 이미 시작되었지만, 아직 손님이 아무도 없다. 조지는 카운터 안에, 루이는 카운터 석 끝자리에 앉아 있다.

"뭐? 어디서요? 누구랑?"

조지가 눈을 부릅뜨며 물었다.

"겐타로와 요리코의 카페에서요. 나하고 데루코하고…… 조지도 올래요?"

"불러주는 거예요?"

"그럼요. 당연히 불러야죠."

"갈게요. 무슨 일이 있어도 꼭 갈게요."

왜 이렇게 거창하게 반응하지 하고 루이는 생각했다. 아, 혹시 데루코와의 로맨틱한 성탄 전야를 상상하고 있는 걸까?

"그러지 말고, 여기서 하지 그래요? 악기 연주도 할 수 있고, 노래도 할 수 있고. 빌려줄 테니까."

"어머, 그러네. 그것도 괜찮겠네요."

논의를 시작해 보려는 참에 가게 문이 열렸다. 오늘 밤의 첫 손님이다. 뒤를 돌아보고 루이는 깜짝 놀랐다. 미도리 씨가 있었기 때문이다. 저도 모르게 그녀의 등 뒤에서 스나가와의 모습을 찾았다.

"무슨 일이에요? 혼자 왔어요?"

"혼자……라도 괜찮나요?"

"당연하죠."

루이와 조지가 입을 모아 말했다. 미도리 씨는 루이의

옆자리에 앉았다. 화이트 와인을 부탁하기에 루이도 옆에 앉아서 같은 것을 마시기로 했다. 조지도 캔맥주를 땄다.

"일단은 건배!"

무엇에 대한 건배인지도 모르고 루이가 선창했다. 셋은 잔과 캔을 챙그랑 맞부딪혔다.

"스나가와 씨는요? 나중에 오나요?"

루이가 묻자 미도리 씨가 나직이 "안 와요" 하고 말했다. 혼자서 버스를 타고 왔다고 한다.

"검사 결과는 나왔어요? 안 좋던가요?"

"좋게 나왔어요."

"어머나……."

틀림없이 결과가 안 좋게 나온 줄 알았다. 그래서 상담이랄까, 위로를 받으러 여기에 온 거라고 생각했는데.

"전에 받은 검사 결과가 오늘 나왔어요. 남편은 자기가 폐암이 틀림없다면서 이제 틀렸다고 일찌감치 희망을 버리고 있었는데, 아니었어요. 숨쉬기가 괴로운 것도, 목소리가 쉰 것도 아마 노화 탓일 거라고 의사 선생님이 그러셨어요."

"뭐야, 다행이잖아요. 그럼 오늘은 축배를 들러 온 건가요? 어라? 하지만 스나가와 씨는 오늘 안 온다고 했죠?"

"안 와요. 지금쯤 저를 찾고 있을 거예요. 제가 있으리라고는 절대 생각도 못 할 곳을 찾아온 거예요."

루이는 조지와 얼굴을 마주 보았다.

"싸웠어요?"

조지가 물었다. 미도리 씨는 고개를 가로저었다.

"남편이 너무 호들갑을 떠니까, 저도 완전히 그렇게 생각하고 있었단 말이에요. 아, 이 사람 곧 죽는구나 하고. 하지만 아무래도 당분간은 죽지 않는다는 걸 알고 나니까, 그게, 실망스러워서……."

응응, 루이는 고개를 끄덕였다. 내가 미도리 씨라도 그런 기분이 들 것 같았다.

"제가 진짜 실망했다는 걸 알고 나니까 대체 뭐지 싶은 거예요. 그이가 죽기를 바라는 건 아니에요. 하지만…… 결국 앞으로도 계속 그 사람과 같이 살아야 한다고 생각했더니……."

"여기서 한잔 하고 싶어진 거군요. 뭐 어때요, 마시자고요."

루이는 다시 한번 잔을 들었다.

다른 손님이 들어오기까지 40분 정도 시간이 걸렸다.

그동안 루이는 '어떤 친구'의 이야기를 했다. 그 친구도 말이에요, 더는 도저히 자기 남편을 참을 수가 없게 되어서, 어느 날 뛰쳐나왔단 말이에요, 집을. 뭐, 물론 그 뒤로 모든 일이 술술 풀린 건 아니지만, 어쨌든 즐거워 보여요, 그 애는. 응, 지금까지 내가 봐온 중에 제일 즐거워 보이더라고. 아주 생기가 넘쳐요. 몇 살이냐고요? 어, 그러니까 나보다 조금 많은 정도려나(이 부분은 조금 변형했다).

그러고 나서 루이는 무대에 올라 미도리 씨의 신청곡으로 〈모든 것은 내 사랑을 위해(Tout, tout pour ma chérie)〉를 불렀다. 미도리 씨는 젊은 시절에 미셸 폴나레프의 팬이었다고 한다. 무대에 선 뒤 루이는 미도리 씨 옆으로 돌아와 그런 이야기를 들었다. 그리고 마지막 버스 시간에 맞춰서 돌아가기로 한 미도리 씨의 등을 향해 "저기, 크리스마스 파티에 오지 않을래요?" 하고 말을 걸었다.

꺄악 하는 비명 소리가 들려서, 루이와 데루코는 창가에 섰다.

믿을 수 없게도 그 뒤로 또 눈이 내렸다. 오늘 아침에는 15센티는 쌓였다. 며칠 전에 필사적으로 눈을 치운 경사로가 깨끗하게 흰 눈으로 덮였다. "자, 눈을 치우자"라는 말을 루이도 데루코도 아직 입 밖에 꺼내지 못하고 있다.

목소리는 어린아이의 것이었다. 집 앞의 길 위쪽에서 썰매를 타고 있는 모양이다. 노란색 점퍼를 입은 아이가 빨갛고 납작한 뭔가를 타고 미끄러져 내려가는 것이 보였다.

"썰매를 탈 수 있을 정도로 쌓였다는 거네."

"그러게."

그리고 다시 침묵이 찾아왔다. 그래, 이게 바로 설국이라 이거지? 루이는 생각했다. 설국의 진가가 이제부터 발휘되는 것이다.

애들은 참 기운도 좋다. 썰매를 끌어안고 눈을 헤치며 언덕을 오른다. 아이의 모습이 보이지 않게 되자, 교대하듯이 뭔가가 내려오는 것이 보였다. 역시 썰매다. 아까 아이가 타던 것보다 훨씬 크고, 뭔가를 쌓아 올린 뒤에 그 위로 포장을 씌웠다. 썰매 위에 사람이 타고 있는 것이 아니라, 사람이 썰매를 끌고 있다. 후드가 달린 검은색 망토 같은 것을 뒤집어쓴 자그마한 사람을 보고 루이는 어째선지 머리에 삿갓을 쓴 보살상을 떠올렸다.

그 삿갓 보살과 썰매는 루이와 데루코가 '임차' 중인 집의 부지 내로 들어왔다. 둘은 허둥지둥 계단을 내려갔다.

문을 열자 그 사람은 후드를 벗고 생긋 웃었다. 뺨을 빨갛게 물들인 시즈코 씨였다.

"좋은 아침이에요. 장작을 좀 가져왔어요."

썰매 위에 포장으로 덮여 있는 것이 장작인 모양이다.

"사실 그보다는 썰매로 장작을 날라보고 싶었거든요. 모처럼 눈이 이렇게 쌓였으니 말이에요."

"어머나, 친절하기도 하셔라. 일단 안으로 들어오세요. 따뜻한 차라도 한잔 드릴게요."

데루코가 말했지만 시즈코 씨는 고개를 저었다.

"집에 돌아가서 할 일이 있어서요. 마음만 받을게요."

부지런히 썰매에서 장작을 내리기 시작한 시즈코 씨를 루이와 데루코도 서둘러 도왔다. 그렇게 많은 양은 아니었다. 사실 시즈코 씨에게는 미안하지만 일부러 눈 속을 헤치고 가져다줄 정도의 양은 아니었다. 요전에 우리가 자투리 목재를 충분히 얻어온 것을 알고 있을 텐데. 어라? 잠깐만. 시즈코 씨에게 우리 집이 어딘지를 알려줬던가? 가르쳐 주지도 않았는데 어떻게 시즈코 씨는 우리가 이 집에 산다는 것을 알았지?

흘긋 데루코 쪽을 살피자 똑같은 생각을 하는 모양인지, 복잡한 얼굴을 하고 있다.

"아, 맞다."

장작을 모두 내려놓자 시즈코 씨가 문득 생각났다는 듯이 이렇게 말했다.

"어제 볼일이 있어서 관리 사무소에 갔더니 관리인이 이케다 씨의 집을 신경 쓰고 있었어요. 그 과일 케이크를 주시는 이케다 씨 말이에요. 우리 집에도 보내주시니까 당연히 알고 있거든요. 이케다 씨의 집에 먼 친척이라는 여자들이 두 명 와 있던데 이케다 씨는 어떻게 된 걸까요 하는 얘기를 하기에, 해외여행 중이라는 것 같던데요 하고 말해 두었어요. 그렇게 적절한 대답은 아니었던 것 같지만, 불시에 일어난 일이라……. 당분간은 그걸로 넘어갈 수 있을 거라고 생각해요."

그럼, 실례했어요 하고 인사를 남긴 채 시즈코 씨는 텅 빈 썰매(텅 비고서야 알았지만 그것은 데루코가 찾아낸 대형 쓰레받기 비슷한 것이었다)를 질질 끌며 언덕길을 내려갔다. 그 뒷모습을 루이와 데루코는 아무 말 없이 배웅했다. 루이는(아마 데루코도) 몇 가지 사실을 알 수 있었다. 루이와 데루코가 '불법 침입자'라는 것을 아마도, 어떻게인지는 모르지만, 시즈코 씨는 눈치채고 있었다는 것. 시즈코 씨가 오늘 여기까지 온 것은 장작을 나눠주기 위해서가 아니라, 이케다 씨에 관한 정보를 알려주기 위해서였다는 것. 그리고 '당분간'은 그걸로 넘어갈 수 있을지 모르지만, 위기가 다가오고 있음을 경고하기 위해서라는 것.

루이는 저도 모르게 집 밖으로 달려 나갔다.

시즈코 씨는 눈길에 익숙한지, 이미 경사로를 다 내려가 도로 위로 올라가기 시작한 상태였다. "시즈코 씨!" 루이는 소리쳤다. 돌아보고 발을 멈춘 시즈코 씨를 향해, 눈에 발이 빠져가며 비틀비틀 가까이 다가갔다.

"크리스마스에요!"

"크리스마스?"

시즈코 씨는 미소 지으며 되물었다.

"크리스마스 파티를 할 거거든요. 와주세요. 꼭 와주세요. 부탁이에요."

시즈코 씨는 미소를 띤 채 고개를 끄덕였다. 그 순간, 그 미소와는 상관없이, 하지만 아마 그것이 일종의 스위치가 되어서 루이는 뭔가를 깨달았다. 가루사탕을 뿌려놓은 듯한 눈 덮인 머리 위의 나뭇가지가 문득 눈부시게 반짝였다.

"시즈코 씨에게 크리스마스 파티에 오시라고 했어."

받은 장작을 집 안으로 옮기면서 루이는 데루코에게 보고했다.

"오신대?"

"상냥하게 웃으면서 고개를 끄덕이시던데."

"미도리 씨도 불렀다고 했지?"

우유를 작은 냄비에 부으면서 데루코가 말했다. 카페오레를 만들려는 것 같다.

"응. 여차하면 스나가와 영감도 부를까 생각 중인데. 물론 미도리 씨가 좋다고 하면 말이야. 스나가와 영감이 올생각이 있을지는 모르지만."

"그거 재밌겠다. 만약 온다면 나 그 사람을 좀 다시 볼것 같아."

"그러게 말이야."

완성된 카페오레를 둘은 테이블에 마주 앉아 마셨다. 절반 정도를 마시기까지 루이는 말이 없었다. 데루코도 어째서인지 말을 꺼내려 하지 않았다. 루이는 컵을 테이블에 올려놓더니, 데루코를 물끄러미 쳐다보았다.

"너 말이야, 나한테 뭐 숨기는 거 있지?"

데루코는 이리저리 눈을 피했다.

"숨기는 거라니, 뭘 말하는 걸까?"

"후유코."

루이는 눈 딱 감고 말했다. 데루코는 눈 피하기를 멈추고 자신도 루이를 빤히 바라보았다.

"요리코의 어머니 말이야."

루이는 다시 한번 말했다. 데루코의 입술 모양이 천천히 바뀌더니, 데루코는 조용히 미소 지었다.

"숨기려던 건 아니야. 지금 말하려던 참이었어."

가게 문을 열자 눈보라가 안에까지 세차게 불어닥쳤다. 카운터에서 오늘도 문고본 책을 읽고 있던 조지는 움찔 놀라며 몸을 일으키려 했다. 눈보라보다도, 머리부터 숄을 둘둘 휘감고 검은색 고무장화를 신은 루이의 모습에 놀랐는지도 모른다.

"어? 오늘 토요일이던가? 어라?"

동요한 나머지 이런 말을 하고 있다. 물론 오늘은 토요일이 아니고, 온몸을 꽁꽁 감싸고 눈보라를 헤치며 여기까지 온 것은 무대에 서기 위해서가 아니다. 데루코가 차로 데려다주겠다고 말했지만 데루코의 BMW는 스노타이어도 장착하지 않은 데다 안 그래도 오늘은 운전하기가 불안할 정도로 눈보라가 심했기 때문에 루이는 별장지 내에 있는 버스 정류장에서 혼자 버스를 타고 왔다. 운전하기 힘들어서만이 아니라, 혼자 간다는 것에 의미가 있다는 것을 알아서 데루코도 그것을 존중해 준 것이다.

"가게 문을 닫으려던 참이었는데. 이런 날씨엔 아무도 안 올 테니까 말이에요."

"마침 잘됐네. 둘이서 한잔하죠."

시간은 오후 6시를 넘었다. 별장지로 돌아가는 마지막 버스는 이미 끝난 시간이다.

"데루코 씨도 와요?"

"안 와요. 날씨가 이런데."

"어, 그럼 어떻게 돌아가려고요?"

"안 돌아가요. 밤새 마시려고 왔어요. 어떡할래요? 받아주겠어요?"

"어…… 그럽시다."

조지는 제안을 받아 주었다. 그래, 그렇게 나와야지. 루이는 숄과 코트(별장지 내에서 살게 되고부터 데루코로부터 웬만하면 입지 말라는 말을 들은, 평소 좋아하는 인조 모피 코트)를 벗어 카운터 안쪽에 두었다. 코트 아래에는 큰 장미꽃 모양 레이스가 가슴에 장식된, 몸의 선을 드러내는 롱드레스를 입고 있다. 코트보다도 더 좋아하는 드레스로, 중요한 날에 입을 생각이어서 무대에서도 아직 입지 않았다. '중요한 날'이 어떤 날일지는 전혀 생각해 보지 않았지만, 그러니까 이런 날이었던 것이다. 이럴 줄은 몰랐지만, 뭐 나쁘지 않아, 하고 루이는 생각했다.

"샴페인으로 건배하고 싶지만, 여기엔 없겠죠?"

"무시하지 마시죠. 있거든요."

루이의 옷차림에 새삼 동요한 듯한 조지는 어린애 같은 말투로 그렇게 말하고는 팬트리에서 병을 하나 꺼내서 돌아왔다.

"샴페인이 유통 기한이 있던가……?"

"빈티지라고 보면 되는 거 아닌가? 대체 언제부터 있었던 거예요, 그거?"

언제부터, 어째서 거기에 있는지도 기억하지 못한다는

모엣 샹동의 마개를 조지가 퐁 소리와 함께 열면서 둘만의 술자리가 시작되었다.

"무슨 일 있었어요?"

잔을 들어 건배를 하고 첫 한 모금을 각각 마신 후에 조지가 물었다. 팬트리 안은 바깥과 비슷한 온도라서 샴페인은 차가웠다.

"당신 말이에요, 왜 항상 꽃무늬 셔츠만 입어요?"

루이는 질문을 질문으로 받았다. 오늘 조지가 입은 셔츠는 겨자색 코듀로이 원단에 파란 튤립 무늬가 있었다. 셔츠 한 장만으로는 아무래도 추운지 그 위에 검은색의 양털 가디건을 걸친 모습이 뭐랄까, 자유롭기도 하고 남자답기도 하고, 섹시하다고 말 못 할 것도 없지. 루이는 그렇게 생각해 보았다.

"어울린다고 해서요."

"어머, 누가요?"

"술이 좀 더 들어가야 할 수 있는 얘긴데."

그래서 좀 더 마셨다. 30분 만에 샴페인 한 병을 비우고, 다음으로 화이트 와인을 땄다.

"무슨 일 있었어요?"

조지가 다시 물었다.

"내가 왜 지금 이런 데 와 있나 몰라."

루이는 말했다.

"한탄하는 건 아니에요. 순수하게 신기해서요. 규슈에 뼈를 묻게 될 거라고 생각한 적도 있었거든요. 그런데 지금, 이렇게 눈이 펑펑 오는 곳에서, 꽃무늬 셔츠를 입은 남자와 술을 마시고 있다니."

"규슈에 살았어요?"

조지가 물었다. 루이는 고개를 끄덕였다.

"배고프지 않아요? 소시지라도 구워 줘요."

"카레를 먹지 그래요. 카레 전문점인데."

"맞아, 카레 전문점이지. 의외로 맛있더라고요, 조지의 카레. 어디서 배웠어요?"

"그것도 좀 더 마셔야 할 수 있는 얘긴데."

결국 조지는 팬트리와 냉장고를 왔다 갔다 하며 스팸과 두부를 볶은 요리를 만들어 주었다. 가게에서 파는 음식은 기본적으로 마른안주 외에는 카레밖에 없지만, 조지가 의외로 요리를 잘한다(데루코만은 못하지만)는 것을 루이는 오늘 처음 알았다. 나중에 카레도 꼭 먹어야지. 밤은 기니까.

데루코가 '숨기려던 것은 아니고, 지금 말하려던 참이었던' 것은 두 가지였다. 그중에 하나는 루이가 생각하고 있던 그대로였다. 그리고 다른 하나는 조지에 대한 것이었다. 조지가 데루코의 트럼프 점을 보러 왔던 것. 그리고 아무래도 자신에게 홀딱 반한 모양이라는 것. 그래서 루이는 지금 여기 온 것이다. 사실은 조지와 데루코를 이어 주고 싶었지만, 데루코에게는 전혀 그럴 생각이 없어 보이는 데다 조지가 나에게 홀딱 빠졌다니 어쩔 수 없지.

여러 가지 의미에서 조지의 마음을 받아 줄 수는 없지만, 조지는 좋은 사람이고 신세를 지기도 했으니까 나름의 성의를 보이자고 루이는 생각한 것이었다.

화이트 와인도 금방 빌 것 같다. 아마 곧 조지는 꽃무늬가 어울린다고 말한 그 사람에 대해서, 그리고 의외로 요리를 잘하는 이유 같은 것을 이야기해 줄 것이다. 그리고 나도 조금씩 이야기를 시작하겠지. 전부 이야기할 생각은 없지만, 가능한 만큼이라도. 내가 없어진 뒤 조지가 나를 떠올릴 때, 뭐라 해야 할까, 가느다란 여러 개의 물줄기를 타고 본류로 거슬러 올라갈 수 있도록. 그것이 나의, 조지에 대한 성의다.

9
데루코

결국 크리스마스 파티는 조지의 가게에서 열게 되었다.

그러니까 이브날 밤 조지의 가게에 모두 모이기로 한 것이다. 가게를 대절하지는 않는다. 오는 사람이 있으면 누구든 거절하지 않는 그런 스타일.

확실히 오기로 한 사람은 조지, 요리코 씨와 겐타로 씨, 루이와 나. 아마 와 줄 걸로 보이는 사람이 시즈코 씨와 미도리 씨. 어쩌면 올 수도 있는 사람이 미도리 씨의 남편인 스나가와 씨. 그리고 만약 시간이 맞는다면 요리코 씨의 어머니와 그 파트너도 올 것이다.

조지는 카레와 함께 '사용하지 않은 지 오래되었지만

아마 사용할 수 있을 오븐'으로 로스트 치킨을 만들어 주겠다고 했다. 요리코 씨와 겐타로 씨는 직접 만든 피자를 가져오기로 했다. 그럼 나는 뭘 만들지……? 데루코는 식탁에 앉아 곰곰이 생각한 끝에 볼펜으로 이것저것 메모를 했다.

이브를 이틀 남겨둔 날의 오후다. 어제, 오늘 날씨가 맑아 기온이 올라간 덕분에 눈이 제법 녹았다. 많은 눈이 오는 날이 앞으로 또 있겠지만, 일단 남은 올해 안에는 눈이 온다는 예보는 없다. 화이트 크리스마스면 좋았을 텐데요 하고 요리코 씨와 겐타로 씨는 아쉬워했지만, 데루코와 루이에게는, 적어도 눈에 대해서만은 로망보다도 편의성(운전을 할 수 있는가 없는가)이 중요했다.

케이크. 데루코는 메모를 시작했다. 아무도 말을 꺼내지 않으니까(아마 다들 마시는 것만 생각하고 있는 탓일 것이다) 이건 내가 만들자. 이 집에는 오븐이 없으니까 프라이팬으로. 생크림을 듬뿍 올리고, 과일로 장식해야지. 크리스마스 케이크라기보다는 굳이 말하자면 요리코 씨와 겐타로 씨를 위한 축하 케이크가 되겠지만. 그리고 또 뭔가 조림 요리를 하자. 좀 있다 장을 보러 가서 소 힘줄이 있으면 사 와서 와인 조림을 만들자. 저렴한 와인을 세 병 정도 사고……. 곁들이용으로 매쉬드 포테이토를 듬뿍. 아, 하지만 요리코 씨의 어머니와 그 남편분은 이탈리아에서 오는 거지? 일식이 있는 편이 좋으려나? 오시즈시*라든가……? 따뜻한 음식이 나을지도 몰라. 그럼 무시즈시**를 만들어서 조지 씨의 가게에서 쪄 달라고 할까? 요리코 씨의 어머니는 특별히 좋아하는 음식이 있을까? 어렸을 때 좋아하던 음식이라든가…….

여기서 데루코의 시선은 무의식중에 루이 쪽으로 향했다. 루이는 거실 소파에 앉아서 열심히 뜨개질을 하고 있다. 최근 며칠간은 자는 시간까지 줄여가며 뜨개질에 매달리고 있다. 왜냐하면 태어날 아기를 위한 양말과 케이프 말고도 파티 참석자 전원에게 줄 장갑을 뜨겠다는 무모한 목표를 세웠기 때문이다.

하지만 한 사람 것만 뜨면 편애가 되잖아. 루이가 말한

---

* 　오시즈시(押し寿司)는 눌러 만든 초밥이라는 뜻으로, 하나씩 손으로 쥐어 만드는 일반적인 초밥과 달리 틀 안에 밥과 재료를 넣고 누른 뒤 썰어서 먹는다.

** 　무시즈시(蒸しずし)는 쪄서 만든 초밥이라는 뜻으로, 그릇에 양념한 밥을 담고 그 위에 재료를 올려서 그릇째로 쪄낸 음식이다.

것은 그것뿐이었지만, 그걸로 데루코는 충분히 이해했다. 루이는 요리코 씨의 어머니, 후유코 씨에게 손뜨개 장갑을 선물하고 싶은 것이다. 하지만 후유코 씨에게만 떠 주었다가는 다른 사람들도, 후유코 씨도 의아하게 생각할 테니까, 그걸 피하고 싶은 것이다.

"혹시 이거 알아?"

어제 데루코는 루이에게 말했다.

"요리코 씨의 이름에는 루이의 이름에 들어간 것과 같은 한자 '衣' 자가 들어가 있어. 이건 우연일까? 후유코 씨가 루이에게 보내는 메시지가 아닐까?"

"알고 있었어. 요리코의 이름을 알았을 때, 뭔가 내 이름과 비슷하다고 생각했는걸. 저번에 네 이야기를 듣고 나니까 다시 생각하게 되더라. 확실히 우연이 아닐지도 몰라. 하지만 우연일지도 모르잖아. 요리코라는 이름을 지은 사람이 후유코가 아닐 수도 있으니까. 우연이 아니라 메시지를 담은 것이라고 해도, 좋은 의미는 아닐지도 몰라. 원망이 담겨 있을지도 모르는 거고."

"원망하는 마음이 있다면 굳이 루이의 이름에서 한자를 따오지 않았을 거야."

"됐어. 내가 고민한들 알 수 없는 일이니까. 그래, 난 내 딸에 관해서 아무것도 몰라. 하지만 후유코는 번듯한 성인으로 성장해서, 좋은 일만 겪지는 않았을지 몰라도, 요리코라는 훌륭한 아이를 낳아서 키워냈고, 지금은 시칠리아에서 살고 있어. 그걸로 충분해. 그걸 안 것만으로도 나는 만족해."

루이가 갑자기 고개를 드는 바람에, 눈이 마주치고 말았다. 루이는 슬쩍 데루코를 올려다보고, 역시 고개를 흔들었다. 이것은 이제 듣고 싶지 않다는 의미일 것이다. 데루코는 고개를 끄덕였다. 이 일에 관해서는 어제 충분히 이야기를 나누었다. 데루코는 루이를 설득하려 했지만, 루이의 마음은 완전히 굳어져서 바뀌지 않았다. 그래서 데루코도 이제는 이해하기로 했다. 루이가 그렇게 결정했다면, 그 마음을 존중하자고 생각한 것이다.

"뜨개질, 나도 도와줄까? 스나가와 씨의 것 정도는 내가 떠도 괜찮잖아?"

그래서 데루코는 이렇게 말해 보았다. 루이는 역시 고개를 저었다.

"뜨개질은 코 모양이 달라지면 티가 난단 말이야. 그리고 내가 전부 다 뜨고 싶어. 진짜로."

　루이는 의외로 고집이 세다. 코 모양이 달라져도 아무도 모를 거라고 데루코는 생각했지만, 그 이상 말하지 않기로 했다. 데루코는 사실 루이처럼 스나가와 씨를 용서하지는 않았다. 원한을 품었다고 할 정도는 아니지만, 그 사람을 위해서 장갑을 뜨는 것은(루이에게는 하겠다고 말했지만) 마음이 내키지 않는다. 하지만 루이는 그의 몫도 단호하게 자기 손으로 뜰 생각인 모양이다. 이것은 루이가 마음이 넓어서가 아니라, 그만큼의 결의와 각오를 보여주는 것인지도 모른다.

　데루코가 '후유코'를 찾기 시작한 것은 3년 전, 루이의 첫 남편이 세상을 떠났을 때였다.

　루이는 그의 장례식에는 '당연히' 가지 않겠다고 말했다. 왜냐하면 장례식에 참석했다가는 후유코를 만나게 되니까. 어떻게 그러니. 신문의 부고란에 상주로 이름이 올라 있는 사람이 아마 재혼한 아내일 테고. 후유코는 그 사람을 친모로 알고 있을지도 모르니까. 루이는 그렇게 말했다. 나라면 만나고 싶을 텐데. 데루코는 그렇게 말했지만 루이는 들은 체도 하지 않았다. 아니, 잽싸게 그 이야기를 마무리 지어 버렸다. 장례식에 가지 않겠다고 루이가 결정한 이상, 더 이상 이야기하고 싶지 않은 기분은 이해가 된다. 하지만 이야기하고 싶지 않다는 것은 결국 얽매여 있다는 뜻이기도 하다고 데루코는 생각했다.

40년 전 동창회에서 재회한 뒤 둘만 따로 2차를 갔을 때 엉엉 울면서 털어놓았던 것 말고는, 루이는 데루코에게 더 이상의 일을 이야기한 적이 없다. 데루코도 먼저 나서서 질문하려 들지 않았기 때문에 3년 전의 시점에 데루코가 후유코에 대해서 알고 있는 것은 루이의 첫 남편의 성이 오코노기小此木라는 것, 즉 결혼하고 성이 바뀌기 전까지 루이의 딸의 성과 이름은 오코노기 후유코였다는 것, 후유코의 생일과 태어난 해, 자란 장소가 나가사키현 사세보라는 것 정도였다. 그래서 데루코는 루이의 도움 없이 후유코를 찾아내기 위해서 숙련된(데루코는 이렇게 생각하고 있다) 검색 능력을 발휘했다.

쉽지는 않았지만, 오코노기 후유코 씨가 만들어 놓고서 거의 방치해 둔 트위터 계정을 찾아냈다. 그리고 그 팔로워 중에서(세 명밖에 없긴 했다) 오코노기 요리코라는 이름을 발견했다. 그래서 오코노기 요리코로 검색을 해 봤더니, 그녀의 페이스북이 걸려 나왔다. 이렇게 해서 오코노기 요리코, 즉 오코노기 후유코 씨의 딸이자 루이의 손녀가 오미사키 겐타로大岬源太郎 씨와 결혼한 것을 계기로 나가노로 이주해서 카페를 열었다는 정보를 얻어낼 수 있었다.

오코노기 요리코 씨의 페이스북을 살펴보다가 오코노기 후유코 씨는 이혼 후 마시모 페라리 씨와 만나서 지금은 후유코 페라리로서 시칠리아에서 살고 있다는 것을 알게 되었다. 데루코는 잠시 실망했지만, 손녀인 요리코 씨는 나가노에 있다는 것을 위안 삼아 긍정적으로 생각하기로 했다. 나가노는 시칠리아보다 훨씬 가까우니까.

나는 아이가 없으니까 모성애라든가, 자식에 대한 애정 같은 것에 대해서 잘 알지는 못한다. 하지만 루이에 대해서는 잘 안다. 루이에 대해서는 분명 세상 그 누구보다도 잘 알고 있다. 그러니까 후유코를 만나려고 하지 않는 루이의 마음도 잘 알고 있다. 동시에, 사실은 너무나 만나고 싶어 한다는 것도.

자기 쪽에서 먼저 후유코를 만나러 가지는 않겠다고 루

이가 결심했다면, 우연을 준비하면 된다. 데루코는 그렇게 생각했다. 이것이 3년 전부터 갖게 된 데루코의 인생 테마 중 하나였다. 우선은 우연히 손녀를 만난다. 그러다 보면 분명 마음이 풀려서 언젠가 딸과도 만날 수 있지 않을까? 다시는 만나지 않은 채 인생을 끝내다니, 그건 너무 슬픈 일이니까.

그렇지만 시칠리아는 너무 멀어서, 과연 후유코 씨를 만나는 날이 올까 거의 포기하고 있었는데, 요리코 씨의 임신과 후유코 씨의 일본 방문이라는 반가운 서프라이즈가 연이어 발생했다. 데루코는 하늘은 역시 내 편이야, 하고 내심 주먹을 불끈 쥐고 있었던 것이었다.

"손이 아파……."

루이가 참석자 전원을 위한 장갑을 다 뜬 것은 이브 날 정오가 넘어서였다.

데루코는 루이의 손과 어깨를 주물러 주었다. "아아 아……." 루이는 마치 한숨 같기도 하고 비명 같기도 한 소리를 질렀다. 거기에 담긴 마음 전부를, 데루코는 알 것 같았다.

"고생했어."

거실 테이블 위에 나란히 놓인 여덟 켤레의 장갑을 데루코는 감동에 젖어 바라보았다. 검은색 바탕에 핫핑크로 튤립 무늬를 짜 넣은 것이 조지의 것, 보라색 바탕에 진갈색으로 영양 비슷한 동물 무늬를 넣은 것이 시즈코 씨의 것. 선명한 녹색 바탕에 흰 꽃무늬를 수놓은 것이 미도리 씨의 것. 전체가 새빨간데 엄지손가락만 검은색 실로 뜬 것이 스나가와 씨의 것(이 디자인이 특별히 의미하는 바는 없다고 루이는 말했지만, 데루코는 아주 뚜렷한 의미가 있는 것 같은 기분이 들었다). 겐타로 씨의 것은 파란색과 노란색 줄무늬, 요리코 씨의 것은 핫핑크와 노란색의 줄무늬. 새파란 바탕에 하얀 실로 파도 비슷한 자수를 넣은 것은 페라리 씨의 것. 그리고 후유코 씨에게 줄 장갑은 밝은 노란색 바탕에 한가운데 작은 빨간 하트가 수놓아져 있었다.

"노란색을 좋아했거든, 그 애가. 본인은 아마 기억하지 못할 테지만."

루이는 말했다.

"기억하고 있더라도 우연이라고 생각하겠지? 하트도 꽃무늬나 영양 무늬처럼 문득 떠올라서 수놓은 것처럼 보이겠지?"

데루코는 응응하고 고개를 끄덕였다. 하지만 사실은 그 작은 하트에는 루이의 온 마음이 담겨 있다는 것을 알았다. 그 마음을 본인에게 직접 전달해야 하는 것이 아닐까 생각했지만, 입 밖에 내어 말하지는 않았다.

"냄새 진짜 좋다."

루이가 코를 벌름거렸다. 어제 루이가 열심히 뜨개질을 하는 동안 데루코는 혼자 장을 봐 와서, 오늘 오전 중에 음식 준비를 거의 다 끝내 두었다.

"크림 스튜야. 맛 좀 볼래?"

"어? 크림 스튜라고?"

와인 조림을 만들려다가 크림 스튜로 메뉴를 바꾼 이유는 어렸을 때 후유코 씨가 좋아하던 음식이라고 루이에게 들었기 때문이다.

루이는 데루코보다 먼저 일어서서 부엌으로 향했다. 우와! 하는 목소리가 들려온다.

"어때? 맛있어? 옛날 그 맛이 나는 것 같아?"

크림 스튜에는 양파, 당근, 감자, 브로콜리 말고도 큼직한 미트볼이 잔뜩 들어 있다. 루이가 만든 크림 스튜에 들어 있던 당근은 꽃 모양이었다고 하지만, 데루코는 별 모양 틀로 찍어 넣었다. 완전히 똑같으면 우연이라고 우길 수가 없고(굳이 우기지 않아도 괜찮지 않나 하고 데루코는 역시 생각하지만) 별 모양은 크리스마스와도 어울리니까.

루이는 대답이 없었다. 아직 먹고 있는 걸까 생각하면서 부엌으로 들어갔는데, 루이는 조리대에 둔 스튜 냄비 앞에서 고개를 숙이고 있었다.

"그 맛과는 전혀 달라. 이 스튜가 훨씬 맛있잖아."

고개를 숙인 채로 루이는 웅얼거렸다.

"그렇게 울 거면 차라리······."

데루코는 말을 꺼내려다가 말았다.

"안 울었거든."

루이는 그렇게 말하고 별 모양 당근을 국자로 건져서 입속으로 쏙 집어넣었다.

물론 데루코도 참석자 모두를 위한 크리스마스 선물을 준비했다. 루이 정도로 손이 간 것은 아니지만, 나름대로 성의 있게 생각해서 골랐다.

시즈코 씨에게는 여기에 올 때 가져온 세 권의 책 중 한

권인 샐린저의 단편집 《아홉 가지 이야기》를. 문구점에서 산 보라색 색지로 책갈피를 만들어서 가장 좋아하는 단편인 〈코네티컷의 비칠비칠 아저씨〉 부분에 꽂아 두었다. 미도리 씨에게는 문신 무늬 팔토시를. 데루코가 쓸 때는 별 효력을 발휘하지 못했지만, 미도리 씨는 잘 활용할 수 있을지도 모른다(멀찍이서 쓰는 것이 중요하다는 걸 카드에 써 두어야겠다고 생각했다). 스나가와 씨를 위해서는 생활용품점에서 작은 철제 프라이팬을 골랐다. 모쪼록 그가 이 것으로 미도리 씨를 위해서 팬케이크나 달걀프라이를 하는 날이 오기를 바라는 마음을 담아서. 만약 스나가와 씨가 크리스마스 파티에 오지 않는다면 프라이팬도 미도리 씨에게 주려고 생각 중이다(머리 끝까지 화가 났을 때 활용하기 바란다는 한마디를 덧붙여서).

겐타로 씨에게는 장미색 헌팅캡을. 할인 매장에서 구입한 저렴한 것이지만, 감색 실로 G라는 이니셜을 수놓았다. 페라리 씨에게는 같은 상점에서 산 흑백의 티셔츠를. 이쪽은 가슴에 닻 모양의 자수(데루코에게 있어서 시칠리아란 그런 이미지이므로)를 넣었다. 조지에게는 까만 바탕에 빨강과 핑크색의 달리아 같은 꽃이 흩어져 있는 셔츠를,

이것도 할인 매장에서 찾아냈다(신기하게도 루이가 뜬 장갑과 색 조합이 비슷하다). 요리코 씨와 후유코 씨에게는 각각 접시를 선물하기로 했다. 책과 마찬가지로 이곳에 올 때 심사숙고해서 가져온 무척 좋아하는 그릇이다. 요리코 씨에게는 프랑스의 브랜드 사르그민의 꽃무늬 접시를. 후유코 씨에게는 석류 무늬가 들어간 이마리의 빈티지 도자기를. 둘 다 빈티지 숍에서 구입한 것으로 아주 소중하게 간직해 오던 것이라서, 선물로 주기에 망설임이 없었던 것은 아니다. 하지만 주고 싶은 사람이 생긴 것이 기뻤던 데다, 앞으로는 더 단출하게 살아가고 싶다는 욕구도 있었다.

크림 스튜, 도미를 올린 오시즈시와 유부초밥, 채소 페이스트와 크림치즈로 만든 3단 테린(조지의 가게로 가져갈 메뉴는 결국 이렇게 결정되었다)을 조금씩 덜어서 '시식' 겸 가벼운 점심 식사를 했다(요리의 완성도는 루이로부터 만점을 받았다. "너는 좀 중요하다 싶은 순간에는 꼭 유부초밥을 만드는구나"라는 말과 함께). 케이크는 시식하지는 못했지만 이것도 이미 완성되어 있어서, 바라보면서 음식을 먹었다.

그러고는 각자 포장을 시작했다(포장지와 리본도 문구점

에서 잔뜩 사 두었다). 포장까지 끝나자 두 사람은 만족스럽게 선물들을 바라보고, 그 다음으로 드디어 대청소를 시작했다.

빗자루로 바닥을 쓸고, 걸레질을 하고, 싱크대도 가능한 한 반짝반짝하게 닦았다. 난로 내부도 깨끗하게 청소해 두고 싶었지만, 조금 전까지 장작을 지폈던 난로 내부가 너무 뜨거워서 어쩔 수 없이 포기했다. 침대 시트와 베개 커버는 어제 코인 빨래방에 가서 세탁해 두었다. 다림질을 하지 못하는 것은 아쉬웠지만, 손으로 가능한 주름을 펴 주면서 침대를 정리했다. 원래 이 집에 있던 통조림 종류는 결국 손대지 않았다. 그 통조림들이 들어 있던 찬장에 복숭아 통조림 하나와 조금 품질 좋은 올리브유 한 병을 추가로 넣어 두었다.

다만 드라이버로 비틀어 열다가 고장 낸 현관문의 잠금장치만은 도저히 어떻게 할 수가 없었다. 이것이 데루코에게는(루이는 "그 정도는 괜찮아"라는 의견이었다) 마지막까지 마음에 걸렸다. 결국 밖에서 자물쇠를 걸어 잠그고, 그 열쇠를 시즈코 씨에게 맡기기로 했다(시즈코 씨를 위한 선물 안에 편지와 함께 동봉했다). 망가진 잠금장치를 새로 설치하는 데 쓸 돈을 두고 가야 할까에 대해서 루이와 한참을 의논한 끝에, 3만 엔을 두고 가기로 했다. 루이는 지갑에서 꺼낸 지폐를 포장지로 감싼 뒤 매직으로 사죄와 감사의 마음을 전했다. "현관문을 파손해서 죄송합니다. 멋진 집을 잠시 빌려 썼습니다. 덕분에 행복한 시간을 보냈습니다. 정말 감사합니다. T&L."

잊어버린 것은 없는지, 더 해야 할 것은 없는지, 둘은 다시 한번 집 안을 둘러보았다. 그리고 마지막으로 거실로 돌아와 소파에 앉지 않고 선 채로 주위를 둘러보고, 얼굴을 마주 보고, 다시 둘러보고, 거의 동시에 큰 한숨을 내쉬었다.

여기에서 보낸 시간은 5개월이 채 못 된다.

데루코에게 있어서 이곳은 별천지였다. 새로운 나라이고, 아예 새로운 행성이었다. 집주인에게 남긴 편지 내용은 진심이었다. 먼지투성이에 곰팡이 냄새가 나고 여기저기가 부서지고 전기도 가스도 사용하지 못하는 집이었지만, 멋진 집이었고, 행복한 시간이었다. 가능하다면 영원히 여기에서 살고 싶었다. 하지만 물론 그것은 이루어질 수 없는 바람이다.

"이 집은 분명 평생 잊지 못할 거야."

데루코가 중얼거렸다.

"지금 그거, 굉장히 좋은 말이다."

루이가 말했다.

"뭐랄까, 우리 인생이 아직 한참 남아 있는 것 같지 않아?"

"맞는 말이야. 한참 남았지."

"맞아. 한참 남았어."

둘은 다시 한번 얼굴을 마주 보고 소리 내어 웃었다.

데루코는 자신의 옷 중에서는 보기 드문 새빨간 원피스를 입고 진주 목걸이를 했다. 루이는 진한 초록색의 나팔바지에 반짝이가 들어간 검은색 상의를 입었다. 물론 파티를 위한 복장이다.

파티 개시 시간은 오후 7시였다.

준비를 돕기 위해 요리코 씨, 겐타로 씨까지 여섯 시에 모이기로 약속했지만, 데루코와 루이는 다섯 시가 되기 전에 가게에 도착했다.

조지는 사다리에 올라가 벽에 가랜드를 붙이고 있었다.

커다란 진짜 전나무는 이미 장식이 끝나서, 빨강과 초록의 알전구가 깜빡이고 있다. 카운터 위에는 이제 굽기만 하면 되도록 준비가 끝난 통닭이 두 마리 올라가 있다.

"굉장하다. 우리가 할 일이 벌써 아무것도 안 남았잖아요."

루이가 말을 걸었다.

"다 됐어요. 빨리 왔네요."

조지는 가랜드를 마저 붙이고 사다리에서 내려왔다. 대형 등유 난로 덕분에 가게 안은 따뜻했지만, 그래도 나달나달한 반소매 티셔츠에 청바지라니, 계절감이라고는 찾아볼 수 없는 차림새다. 조지는 둘의 옷차림을 칭찬했다.

"나도 멋지게 차려입고 맞이하려고 했는데."

"어머나, 그건 미안하게 됐네요."

데루코와 루이는 각자 들고 온 종이봉투 안에서 요리를 담은 밀폐용기를 꺼내서 카운터 위에 올려놓았다. 그리고 다시 둘이서 차로 돌아가 케이크를 올린 접시와 스튜 냄비를 꺼내왔다. 우와! 조지는 감탄하며 짝짝 박수를 쳤다. 케이크는 프라이팬에 둥글고 평평하게 구운 빵 위에 생크림을 듬뿍 올리고, 냉동 베리믹스를 달콤하게 조린 것으로 장식했다. 가운데에는 초콜릿으로 "Merry X'mas and Happy Baby"라고 쓰여 있었다.

"요리코가 보면 기뻐하겠어요."

"요리코보다 겐타로 쪽이 더 좋아할지도요."

"다들 좋아할 거예요."

그런 대화를 나누는 루이와 조지를 데루코는 조금 복잡한 심경으로 바라보았다. 일주일 정도 전 조지가 루이에게 품은 마음을 데루코에게 듣고서, 루이는 "결판을 짓고 올게"라며 혼자서 조지의 가게로 갔다. 돌아온 것은 다음 날이었다. 그 사이에 무슨 일이 있었는지 캐물을 생각은 전혀 없었지만, 지금 조지와 루이 사이에는 이전까지는 없던 분위기가 분명하게 느껴졌다.

함께 살고 싶다고 얘기하면 조지는 분명 기뻐할 거야. 데루코는 루이에게 그렇게 말했다. 조지가 트럼프 점을 보러 왔던 것을 이야기한 날에도 말했고, 후유코 씨의 일로 루이를 설득하면서 다시 한번 조지에 대해서도 이야기했다. 루이는 너, 나를 이렇게 버리려는 거야? 하고 말했다(첫 번째). 내가 함께 살고 싶은 건 조지가 아니라 데루코거든, 이라고도 말했다(두 번째). 그 말이 어디까지 진심인지는 알 수 없지만, 솔직히 데루코는 너무 기쁜 나머지 두 번째 루이의 대답을 들었을 때 저도 모르게 눈물이 글썽이고 말았다. 이제부터의 인생을 '아직 한참 남았다'고 생각할 수 있으려면, 아니 그렇게 생각하고 싶어지려면, 루이와 함께 있어야 한다는 조건이 필요했으니까.

"음식도 다 엄청 맛있어 보여요. 데루코 씨, 우리 가게에서 일하지 않을래요? 카레 전문점이 아니라 레스토랑 조지로 이름을 바꿀 테니까. 아니, 레스토랑 데루코라고 해도 좋아요. 맛있는 요리와 샹송이 있는 곳 레스토랑 데루코 앤 루이."

"후후, 고마워요."

데루코는 미소 지었다.

"농담이라고 생각해요? 전 진심인데요."

데루코와 루이는 객석에 두었던 종이가방을 하나씩 가져왔다.

"이건 우리가 오늘 오는 분들을 위해 준비한 선물이에요. 이름을 쓴 카드가 끼워져 있으니까 확인 잘해서 건네주세요."

데루코는 말했다. 조지는 살짝 의심스러워하는 표정을

지었다.

"나도 준비한 게 있긴 한데…… 왜 직접 나눠주지 않고요?"

"아, 그러니까, 조지가 산타 분장을 하고 나눠주는 줄 알았죠."

바로 루이가 이유를 둘러댔다. 조지가 씩 웃었다.

"뭐예요, 내가 산타 의상 준비한 거 알고 있었어요?"

"조지가 무슨 생각을 하는지는 다 보이거든요."

"어머, 멋지게 차려입고 맞이한다더니, 산타 의상 얘기였어요?"

셋이 함께 웃음을 터뜨린 순간이었다. "안녕하세요!" 하는 목소리와 함께 문이 열렸다.

돌아보았더니 여자가 한 명 서 있었다. 삭발에 가까울 정도로 짧은 머리에 선글라스, 빨간 입술에 화려한 꽃무늬 롱 원피스와 빨간 퍼 코트를 걸치고 있다.

"혹시 요리코 여기 있나요?"

여자는 그렇게 묻기 전에 선글라스를 벗었는데, 그걸로 그녀가 누구인지를 바로 알 수 있었다. 패션 센스만이 아니라 얼굴도 루이를 쏙 빼닮았다고 데루코는 생각했다.

"혹시 요리코 씨의 어머니세요?"

조지가 말했다. 그에게는 요리코 씨와 쏙 빼닮은 듯이 보인 모양이다. "네, 맞아요." 그렇게 말하면서 여자는 루이와 꼭 닮은 미소를 지었다.

"마야에 갔었는데, 애들이 없어서요. 파티 장소가 여기라고 들어서 바로 와 봤어요. 아, 처음 뵙겠습니다. 요리코를 항상 잘 돌봐주셔서 감사합니다. 요리코의 엄마인 후유코입니다."

후유코 씨는 그제서야 데루코와 루이의 존재를 깨달은 듯했다.

"조지입니다."

조지가 먼저 자기소개를 했다.

"오토나시 데루코예요. 처음 뵙겠습니다."

데루코가 말했다.

"야마다 사치코입니다."

루이가 말했다. 하하하, 조지가 웃었다. 농담이라도 하는 줄 안 모양이다.

"루이가 무대에 설 때 쓰는 이름이거든요."

루이가 재빨리 속삭이는 말을 듣고 조지는 데루코의 얼

굴을 보았다. 데루코는 눈빛으로 의사를 전달했다. 조지도 뭔가를 느낀 듯했다.

"멋진 이웃들이라고 요리코가 얘기하던 분들이시군요."

후유코 씨는 방긋 웃으며 말했다. '멋진 이웃들' 중 한 사람의 이름이 루이라는 것까지는 아직 모르는 모양이다.

"사치코 씨의 옷은 저랑 세트 같아요. 뭔가 기분이 좋네요."

잠시의 정적 후 "그러게 말예요!" 하고 루이가 말했다.

"저도 기분이 좋아요. 진짜로."

그때 문이 다시 열렸다. 이번에는 요리코 씨와 겐타로 씨, 그리고 흑백의 줄무늬 티셔츠에 가죽점퍼 차림의 외국인이 들어왔다(시칠리아에 대한 나의 이미지는 옳았어), 데루코는 순간 생각했다.

"엄마! 보고 싶었어요!"

"요리코! 세상에!"

"차오!"

"앗, 데루코 씨도 이미 와 계셨군요!"

사람들의 목소리가 한꺼번에 오가는 와중에 데루코는 루이에게 팔을 붙잡혔다. 루이는 자리에서 일어나 코트를 걸치고 있다. 데루코도 서둘러 따라 했다.

"어, 어디 가요?"

조지가 바로 눈치챘다. 그 순간 갑자기 데루코는 이 가게 안에서만 시간이 멈춘 듯한 기분에 휩싸였다. 사진이라도 찍듯이, 모두의 얼굴과 목소리까지도 선명하게 뇌리에 새겨지는 듯했다.

"우리 잠깐 사 올 게 있어서요."

루이가 말했다.

"금방 올 테니까 먼저 마시고 있어요. 돌아오면 콸콸 들이부을 거니까. 모두 신청곡 생각해 둬요."

벌써 시작한다고? 하고 조지는 쓴웃음을 지었다. "와, 치킨이다!" 하는 겐타로 씨의 말에 오븐을 예열하기 위해서 조지가 몸을 숙였다. "저도 도울게요." 하며 요리코 씨는 카운터 안으로 들어갔다. 페라리 씨는 이탈리아어로 뭔가를 말했다.

그 말을 듣고 후유코 씨가 "사 오실 게 있다고요?" 하고 중얼거렸다. 미소 띤 얼굴이 조금 어두워지더니, 생각에 잠긴 표정이 되었다.

"사치코 씨도 노래를 하는 분이시군요. 제 어머니도 샹송 가수였어요."

"우리 참 우연의 일치가 많네요."

루이는 후유코 씨를 향해 미소를 지어 보였다. 그 얼굴을, 데루코는 역시 평생 잊지 못할 거라고 생각했다. 가자. 루이는 다시 데루코의 팔을 붙잡았다.

"그럼 이따 봐요!"

"나중에 봐요."

둘은 가게를 나섰다. 문을 닫으려는데 "사치코라뇨? 누구 말이에요?" 하는 겐타로 씨의 목소리가 들렸다. 데루코. 루이가 중얼거렸다. 데루코, 정말 고마워. 진짜로.

10
유나

하늘은 회색빛이 도는 푸른색, 바다는 어두컴컴한 남색, 해변은 하얀색. 하얀 모래는 이 해변의 특징으로, 시라하마白浜라는 지명에 들어가 있기도 하다. 그 하얀 해변 저쪽으로부터 빨간색과 핑크색이 다가오고 있다.

패딩 점퍼의 색깔이다. 빨간색이 데루코 씨고, 핑크색이 루이 씨라는 것을 나를 포함해 이 인근 사람들은 모두 알고 있다. 루이 씨가 점퍼를 벗더니, 한 손으로 들고 머리 위에서 휘두른다. 패딩 점퍼 아래에는 둘 다 원피스를 입었는데, 지난주 일요일 시라하마 공원에서 개최된 플리마켓에 우리 엄마가 내놓았던 옷이다. 촌스러운 꽃무늬 롱 원피스를 보고 나는 이런 걸 누가 사겠냐고 생각했지만, 데루코 씨와 루이 씨가 한 벌씩 샀다. 그리고 둘에게는 어쩐지 어울리기까지 해서 전혀 다른 옷처럼 근사해 보인다.

"진짜 덥다!"

여전히 패딩 점퍼를 휘두르면서 루이 씨가 말했다. 아니, 오늘은 햇볕이 따뜻하긴 하지만 덥다고 할 정도는 아닌데……. 그래도 2월인데.

"유나야, 1지망 학교 붙었다며? 정말 잘됐다. 축하해!"

데루코 씨가 말한다. 두 분이 이미 알고 있다는 것에 나는 조금 놀랐다. 분명 엄마가 떠들고 다녔을 것이다. 아니면 아빠일지도 모른다. 아빠는 요즘 루이 씨가 노래하는 스낵바에 자주 들르는 모양이니까.

"고맙습니다."

나는 최선을 다해 기쁜 표정을 지으며 말했다. 사실은 말도 못하게 기뻤다. 바로 얼마 전까지만 해도. 루이 씨와 데루코 씨는 손을 흔들며 지나갔다. 빨강과 핑크와 꽃무늬의 뒷모습을 나는 한참 멍하니 바라보았다. 100미터 정도 가서 루이 씨가 패딩 점퍼를 다시 걸치는 것이 보였다.

해변 끝에는 작은 만이 있는데, 거기에서 아키라와 만나기로 했다.

아키라는 이미 와서 평평한 바위 위에 앉아 있었다. 내가 오는 것을 알았을 텐데, 이쪽을 보려고도 하지 않는다.

"화났어?"

내가 말을 걸자 할 수 없다는 듯이 이쪽을 보았다.

"내가 왜."

"화내고 있잖아. 아무 말도 안 하고. 메시지도 안 보내고."

"그렇게 매일 할 말이 있진 않잖아."

쿠에엑 탁한 울음소리를 내며 바닷새 한 마리가 허공을 가로질렀다. 오늘은 일요일이지만 바닷가에는 우리뿐이었다.

아키라는 카키색 야상 점퍼를 입고 있다. 작년 초에 둘이서 시내 백화점까지 가서 고른 것이다. 그 무렵의 아키라와 지금의 아키라는 완전히 다르다. 그때 내가 도쿄의 대학에 원서를 넣을 거라는 것은 아키라도 그때 이미 알고 있었다. 그리고 아키라는 붙으면 좋겠다, 응원할게 라고 말해 주었는데.

"내가 도쿄에 간다고 화난 거야?"

나는 아키라 옆에 선 채로 물었다. 아키라가 앉아 있는 평평한 바위는 2인용 벤치 정도의 크기로, 평소에는 거기에 둘이 딱 붙어 앉았다. 하지만 오늘은 아키라가 한가운데 앉아 있어서, 나는 앉을 수가 없다.

　"그러니까, 화 안 났다고. 내가 화를 내봤자 뭐가 바뀌는데. 이미 결정했잖아?"

　"결정했다기보다는……. 하지만 합격했는걸."

　"이미 결정했으면 내가 할 말이 뭐 있어. 도쿄에 가면 되잖아."

　아키라도 도쿄의 대학에 원서를 넣었다. 하지만 떨어졌기 때문에 2지망이었던 나가사키의 대학에 가게 되었다. 우리 둘 다 합격해서 같이 도쿄로 가자던 약속은 이루어지지 않았다. 하지만 그건 내 탓이 아닌데.

　"도쿄에 가도 방학엔 만날 수 있잖아."

　아키라는 말이 없다.

　"아키라."

　"그러니까, 가라고."

　"그럼 이제 그만 화내고, 제대로 날 보고 얘기해."

　"나한테 대체 왜 그래?"

아키라는 갑자기 큰소리를 내며 일어섰다.

"어차피 떠날 사람 기분을 내가 왜 맞춰 줘야 되는데. 도쿄에 가서 재밌게 살라고 기쁜 척하면서 말해주면 되는 거야? 나는 아무 말도 하기 싫어. 그럼 안 돼?"

아키라는 나를 밀어젖히다시피 하며 가버렸다. 주위 풍경에서 색이 스윽 빠져나가는 것 같은 기분이 들었다.

데루코 씨와 루이 씨는 '식당 나카요시'의 별채에 살고 있다.

나카요시의 주방장이기도 했던 사장님이 작년 여름 밤 낚시를 하러 갔다가 익사했다. 그 뒤로 식당은 계속 폐점 상태로 있다가, 올해부터 영업을 재개했다. 그때부터 식당에는 사모님과 함께 데루코 씨의 모습이 있었고, 둘이 함께 식당 별채를 빌려 살면서 루이 씨는 동네의 스낵바 '프리티 우먼'에서 노래를 하게 되었던 것이다.

"그 둘이 자매 아니었어?"

집에 돌아가자 엄마의 직장 동료인 요시에良枝 아주머니가 와서, 식탁에 앉아 어묵을 먹으면서 역시 데루코 씨와 루이 씨의 이야기를 하고 있었다. 요즘 이 근처에서 누가 '그 둘'이라는 말을 하면 백이면 백 데루코 씨와 루이 씨를 말하는 것이다.

"유나야, 잘 갔다 왔니? 1지망 학교 붙었다며. 굉장하네. 축하한다."

"유나도 어묵 먹을래? 요시에 씨가 기쿠야에서 사다 주셨어. 역시 그 집 어묵이 제일 맛있더라."

내가 온 것을 눈치챈 요시에 아주머니와 엄마가 저마다 말을 걸어왔다. 나는 대충 대답하고 2층의 내 방으로 올라갔다. 기쿠야의 어묵은 분명히 맛있지만, 지금은 식욕이 전혀 없었다. 우리 집은 해안에서 제법 멀지만, 높은 지대에 있어서 내 방에서 바다와 해변이 보인다. 나는 잠시 창가에서 밖을 바라보았다. 하지만 보고 싶은 것은 아무것도 보이지 않았다. 빨강과 핑크의 패딩도, 아키라의 모습도. 지금까지도 아키라와는 여러 번 사소한 다툼을 했었다. 대부분은 내가 토라져서 아키라를 내버려두고 혼자 집으로 돌아왔다. 그런 날 2층 창가에서 밖을 보면 대부분 아키라가 난감한 얼굴로 아래에서 내 쪽을 올려다보고 있었다. 지금까지는 그랬다.

추워지기 시작했지만 나는 여전히 창을 열어놓은 채 벽

에 기대앉았다. 춥다든가, 추우면 감기에 걸린다든가, 그러니까 난로를 켜야겠다든가, 난로를 켜면 따뜻해질 거라든가, 그런 것이 전부, 의미 없는 것처럼 느껴졌다. 지금처럼 여러 가지 일들이 아무래도 좋게 느껴진 적은 이전에도 있었다. 그것은 재작년 여름, 아키라에게서 고백을 받은 날이었다(그때는 덥다든가, 땀이 난다든가, 바로 얼굴을 씻지 않으면 여드름이 난다든가 하는 일들이 전부 의미 없는 것처럼 느껴졌다). 하지만 기분은 백팔십도 다르다.

"거의 공짜나 다름없이 빌려주고 있다잖아요. 아케미 씨가 그 둘을 완전히 마음에 들어 해서."

아래층에서 목소리가 들려온다. 아직도 데루코 씨와 루이 씨의 이야기가 이어지고 있다.

"도쿄에서 왔다는 것 같던데."

"그게 확실하지가 않은가 보더라고요. 동쪽이랬다가, 멀리 어디라고 했다가, 추운 곳에서 왔다고도 하고, 물어볼 때마다 답이 다르다지 뭐예요."

"그렇게 신원이 불확실한 사람을 식당에만이 아니라 집에까지 들였다니 걱정이네요."

"처음부터 다들 그렇게 얘기했는데 말이에요……."

"그래도 나쁜 사람 같지는 않던데."

다다미방에서 낮잠을 자고 일어난 아빠도 대화에 끼어들었다. "뭐예요. 또 그 소리!" 엄마와 요시에 아주머니가 놀리듯이 소리를 높였다. 이 근방 남자들은 거의 다 루이 씨에게 '홀렸다'고, 이 근방 여자들 사이에서는 소문이 자자했다.

"목적이 있어서 전국을 방랑하고 있다고 하던데."

아빠는 기죽지 않고 아는 척을 했다.

"그 목적이라는 게 뭔데요?"

"사람을 찾는다고 하더라고. 요전에 드디어 찾았다고 얘기하던데."

"어머, 그래요?"

루이 씨의 말을 그대로 옮기는 아빠의 이야기에 엄마와 요시에 아주머니는 흥미를 보였다. 나는 창문을 닫았다. 창문을 닫기 전에 한 번 더 밖을 훑어보았지만, 아키라의 모습은 역시 보이지 않았다.

나는 발소리를 죽이고(또 엄마나 요시에 아주머니가 말을 걸어올까 봐) 아래층으로 내려갔다.

복도 안쪽에는 문이 하나 있는데, 그것을 열면 별채로 이어지는 짧은 연결 통로가 있다.

"뭘 또 왔니."

내가 들어가자 할머니가 찌푸린 얼굴로 맞아주신다. 내가 갈 때마다 할머니는 그렇게 말하지만, 기뻐하고 있다는 것을 안다.

"할아버지는요?"

"바둑 두러 기원에 가셨지."

"책 봐도 돼요?"

"그럼."

할머니는 찌푸린 얼굴을 풀고 웃는다. 나는 안쪽 방으로 들어갔다.

여기는 할아버지의 '서재'라고 할 수 있다. 일단은 책상도 있으니까. 하지만 사실은 서고라고 하는 편이 더 정확하다. 다섯 평 정도의 방으로, 삼면의 벽이 천장까지 책꽂이로 가득하다.

책꽂이에 꽂혀 있는 것은 우리가 '왕할아버지'라고 불렀던 분(정확히는 증조할머니의 오빠)의 장서다. 왕할아버지는 역사학자로, 책도 여러 권 쓰셨다고 한다. 그 영향으로 할아버지는 중학교의 역사 교사가 되었다. 교사를 퇴직한 지금은 이 지역의 향토박물관에서 일하고 있다. 할아버지는 도쿄의 대학에 진학하면서 4년간 왕할아버지 댁에서 지냈다고 한다. 그런 인연이 있어서, 왕할아버지가 돌아가셨을 때 왕할아버지의 장서 중 일부를 할아버지가 물려받아(나머지는 도서관과 대학교에 기증했다) 이 집으로 가져온 것이었다.

내가 사학과가 있는 대학에 진학하고 싶다고 말하자, 우리 가족은 모두 "피는 못 속이나 봐"라고 말했다. 하지만 내가 보기에는 어려서부터 이 방에 틀어박혀서 닥치는 대로 책장을 넘기다가 읽지 못하는 한자는 건너뛰면서 재미있어 보이는 부분을 반복해서 읽는 것이 일상이었기 때문이라고 생각한다.

나는 책꽂이를 올려다보고, 낯익은 책들을 바라보았다. 나의 독해력과 지식으로는 이해할 수 없는 책이 여기에는 아직 많다. 대학에 가서 공부를 하고, 여기에 있는 책을 전부 읽고 싶다. 그리고 장래에는 왕할아버지처럼 역사 연구를 해서 책을 쓰고 싶다는 것이 나의 꿈이다.

역사 공부는 도쿄까지 가지 않아도 할 수 있지 않을까?

그렇게도 한번 생각해 보기로 했다. 이 지역 대학의 사학과에도 합격했다. 도쿄에 있는 대학의 사학과에 원서를 넣은 것은 이 방에 있는 책의 저자 중 몇 명이 거기에서 교편을 잡고 있기 때문이었다. 하지만 지역 대학도 괜찮을지도 몰라. 어떤 교수님에게 배우든, 내가 정신을 차리지 못하면 아무 쓸모가 없을 테니까. 내가 노력하면, 최선을 다해 공부하면, 어느 대학의 사학과에 가더라도 상관없을지도 몰라. 상경할 이유가 없어지면 집에서 생활비를 보내줄 필요도 없고, 그럼 아빠와 엄마도 편할 텐데. 아키라와도 언제든 만나고 싶을 때 만날 수 있고. 역시 도쿄에는 가지 않기로 했어. 그렇게 말하면 아키라는 분명 기뻐하면서 전처럼 다정해지겠지?

나는 별채를 나왔다.

어묵(엄마가 바로 나눠 드린 모양이다)과 차를 내어준 할머니께는 죄송하지만, 도저히 마음이 진정되지가 않았다.

아직 세 시도 되지 않은 시간이다. 아키라와 어색해지고 나서는 시간이 느리게 가는 것처럼 느껴진다.

아키라의 집에 가볼까? 하지만 분명 불편한 얼굴을 할

텐데. 집에 없는 척할지도 모르고. 그런 생각을 하다가 문득 정신을 차리자 내 발걸음은 식당 나카요시로 향하고 있었다.

식당이 채 보이기도 전부터 노랫소리가 들려왔다. 프랑스어지만, 들어본 적 있는 멜로디다. '오 샹젤리제'가 반복되는 후렴구에 이르러서야 아, 그 노래구나 하고 깨달았다.

'나카요시'는 해안을 따라 이어지는 길가에 있다. 창고가 있는 넓은 중정을 끼고 비스듬히 뒤쪽에 별채가 있다. 중정에 데루코 씨와 루이 씨가 보였다. 데루코 씨는 말린 전갱이를 뒤집고 있었고, 루이 씨는 노래를 부르고 있었다. 둘은 각각 하던 일을 계속하면서 내 쪽을 보았다.

"안녕하세요."

나는 어쩔 수 없이 꾸벅 머리 숙여 인사를 했다.

"안녕. 또 만났네."

데루코 씨가 생글생글 웃었다.

"오~ 샹젤리제~"

루이 씨가 노래를 부르면서 내 주위를 빙글빙글 돌았다. 둘 다 신기할 정도로 행복하고 즐거워 보인다.

"어머, 어쩌면 좋아."

데루코 씨가 내 얼굴을 들여다보았다. 나는 어째선지 이 타이밍에 눈물을 흘리고 말았다. 어라라. 루이 씨도 눈치를 챘다. 그리고 나는 그길로 두 사람에게 손을 붙잡혀 별채 안으로 이끌려 들어갔다.

여기에 들어오는 것은 당연히 처음이다. 자그마한 다다미방과 길쭉한 마루가 깔린 방이 있다. 마루가 깔린 방에는 작은 싱크대가 설치되어 있고, 그 옆에 휴대용 가스버너가 놓여 있어서, 작은 부엌 같은 공간으로 꾸며져 있었다.

다다미방에는 옷(주로 화려한 드레스)이 가득 걸린 옷걸이 선반과 둥근 원목 밥상 외에 가구다운 가구는 없었다. "이거, 얼마 전에 플리마켓에서 샀어. 생각보다 싸더라고." 데루코 씨가 밥상에 대해서 즐거운 듯이 설명했다. 루이 씨가 방석을 꺼내 주어서, 나는 거기에 앉았다. 잠시 후에 데루코 씨가 시나몬 향이 나는 밀크티 비슷한 음료와 초콜릿케이크 비슷한 것을 가져다주었다.

"가게 오븐을 빌려서 브라우니를 구운 참이었어."

밀크티 비슷한 음료는 차이라고 한다고 가르쳐 주셨다.

"눈물은 이제 멈췄니?"

자리에 앉았을 때는 눈물이 멈춰 있었는데, 루이 씨의 질문을 받자 다시 눈물이 나기 시작했다. "어머나, 이를 어쩌나. 어라라." 둘은 당황한 듯했지만 내가 우는 이유를 묻지 않았다. 나는 훌쩍훌쩍 울면서 차이를 마시고, 브라우니를 먹었다. 둘 다 굉장히 달콤하고 맛있었다.

"참 좋은 곳 같아, 여기. 날씨도 따뜻하고."

루이 씨가 말했다. 두 사람도 차이를 마시고 있다. '따뜻하다'는 것은 루이 씨에게 있어서 제법 중요한 일인 모양이다.

"바닷가라는 것도 참 좋지."

데루코 씨도 말했다. 브라우니를 한 조각 집어서 단면(호두가 잔뜩 들어 있다)을 뚫어져라 바라보다가, 다행이라는 듯이 고개를 끄덕이고 있다.

"찾는 사람이라는 게 누구예요?"

나는 물었다. 사실은 다른 것을 물어보고 싶었지만, 일단 입 밖에 낼 수 있었던 것이 그 질문이었다.

"어머, 누구한테 들었니?"

데루코 씨가 눈을 빛냈다.

"얘의 옛날 짝사랑."

루이 씨가 끼어들었다.

"짝사랑……?"

그러니까 데루코 씨의 예전 연인을 찾으러 두 분은 여기에 왔다는 건가?

"찾으셨나요?"

"뭐…… 그렇다고 할 수 있지."

"본인은 이미 세상을 떠났지만 말이야."

"그건 진작에 알고 있었어. 하지만, 그래도 찾아보고 싶었거든."

데루코 씨와 루이 씨는 얼굴을 마주 보고 싱글싱글 웃고는 그 얼굴 그대로 동시에 내 쪽을 보았다. 찾고 있던 연인이 이미 죽었다고 하면서, 어째서 이렇게 기뻐 보이는 걸까? 그리고 왜 나를 이런 식으로 보는 걸까?

"데루코 씨와 루이 씨는…… 대체 누구세요?"

다음으로 내 입에서 나온 것은 이런 말이었다. 사실 나는 내가 왜 그들을 만나러 왔는지를 알고 싶었던 건데.

"카드 점 한번 볼래?"

데루코 씨가 말했다.

내가 아키라의 집에 찾아간 것은 다음 날 저녁 무렵이었다.

월요일이지만, 우리 학교는 3학년은 이 시기에 모두 자율 학습을 하게 되어 있어서, 학교에서 아키라와 마주칠 일도 없이 하루가 지나갔다.

아키라의 집은 우리 집보다도 더 지대가 높은 산비탈 바로 아래의 주택가에 있다. 이 언덕길과 돌계단을 매일 오르내리니까, 이 근처에 사는 사람은 할아버지 할머니도 모두 근육질이라니까. 아키라가 이렇게 말한 적이 있다. 그때의 아키라와 나의 웃음소리를 떠올리면서 나도 돌계단을 올랐다.

이 주변의 집은 모두 비슷한 형태를 하고 있다. 하지만 당연히 나는 아키라의 집을 바로 찾아낼 수 있다. 아키라는 우리 집에 온 적이 없지만, 나는 딱 한 번 아키라의 집에 들어간 적이 있다. 작년 겨울. 아키라의 가족이 아무도 없던 날, 아키라의 집에서 단둘이 두 시간을 보냈다. 고타쓰*에 들어가 게임을 하고, 그리고서 고타쓰 안에서 아키

---

* 테이블 아래 열선을 설치하고 이불을 덮어 온기를 유지하는 난방 장치.

라가 내 다리를 쿡쿡 찌르면 나도 따라서 쿡쿡 찌르고, 그리고서 아키라가 나를 빤히 바라보면 나도 마주 바라보고, 아키라가 조금씩 얼굴을 가까이하면 나도 아주 살짝 다가가고, 그리고 우리는 처음으로 키스를 했다.

2층의 오른쪽 끝이 아키라의 방이다. 그 방에는 불이 켜져 있다. 1층의 부엌 창문도 밝은 걸로 보아 아키라의 어머니도(아마 아키라의 여동생도) 집에 있는 것 같다. 나는 심장이 두근거렸다. 하지만 이대로 도망쳐 돌아가는 것은 선택지에 없었다. 데루코 씨에게 카드 점을 쳐달라고 한 뒤부터 지금까지 계속 생각하고 또 생각한 끝에 여기에 온 거니까.

나는 크게 숨을 들이마셨다.

"아키라!"

창문을 향해 소리쳤다.

"아-키-라! 이리 나와!"

창문이 열렸다. 2층의 창문이 아니라 부엌 쪽의 창문이다. 아키라의 어머니가 나를 보고 손짓하고 있다. 그런 데서 소리 지르지 말고 안으로 들어오렴, 이렇게 말씀하시고 싶겠지. 나는 어머니께 꾸벅 고개 숙여 인사하고 다시

2층을 올려다보았다. 창문이 열린다. 아키라가 얼굴을 내밀었다. 어떤 얼굴을 하고 있는지는, 역광이라 잘 보이지 않는다.

"이 바보 멍청이!"

나는 소리를 질렀다. 데루코 씨의 충고대로다. "바보 멍청이라고 말해 주면 되지 않을까?" 데루코 씨는 내 이야기를 듣고 그렇게 말해 주었다. 곧바로 "아, 카드에 그렇게 나와 있다는 얘기야. 바보 멍청이라고 말해 주라고 하네"라고 덧붙였지만.

"나는 도쿄로 갈 거니까!"

아키라는 아무런 대꾸도 하지 않고, 꼼짝도 하지 않았다. 아키라의 어머니가 조용히 창문을 닫았다. 나는 발길을 돌려 천천히 돌계단을 내려왔다.

그 후로 쭉 아키라와는 만나지 않았다.

아무에게도 말하지 않았지만, 같은 반 친구인 미유와 아카네로부터 "헤어졌어?"라고 묻는 메시지가 왔다. 나와 아키라가 같이 있는 모습을 전혀 보이지 않아서일 수도 있고, 아키라가 누군가에게 무슨 말을 했을 수도 있다. 나는 색이 빠져나간 풍경 속에서 도쿄로 가기까지 남은 날들을 보냈다.

상경 당일에는 집 근처 역까지 가족들이 배웅하러 와 주었다(아빠와 할아버지는 공항까지 가고 싶어 했지만, 내가 말렸다. 분명 울 것 같았으니까). 결국 아빠와 할아버지는 역의 개찰구 앞에서 엉엉 울었다. 엄마와 할머니는 미소 지으며 손을 흔들었다. 다녀오겠습니다. 여름 방학에는 돌아올게요. 나도 미소 지으며 손을 흔들고, 개찰구를 통과했다.

사실 속으로 기대하고 있었다. 아키라가 와 주지 않을까 하고. 어쩌면 플랫폼에 있지 않을까 하고. 하지만 아키라의 모습은 보이지 않았다. 열차가 도착해 버렸다. 나는 열차에 올라탔다. 시발 열차였기 때문에 승객은 많지 않았다. 창가 자리에 앉아서, 열차가 움직이기 시작하자 참고 있던 눈물이 굴러떨어졌다.

바다가 보이기 시작했다. 그리고 해변도. 나는 눈을 비볐다. 누군가가 달리고 있다. 이쪽을 보고 양팔을 휘두르고 있다.

아키라다.

나는 서둘러 창문을 열었다. 아키라! 하고 소리치며 손을 흔들었다. 아키라에게는 내가 보일까? 아키라도 소리를 지르고 있다. 뭐라고 하는지는 들리지 않았다. 하지만 소리치고 있다는 것은 알 수 있다. 아키라가 와 주었다는 것도 알 수 있다.

아리카의 모습은 순식간에 열차 뒤쪽으로 스쳐 지나갔다. 나는 계속 그쪽을 보고 있었다. 아키라보다 조금 뒤로, 빨간색과 핑크색의 인영이 있었다. 나는 울면서 조금 웃고 말았다. 항상 웃고 있고, 항상 즐거워 보이는 두 사람. 그들은 대체 어디에서 왔을까? 그리고 어디로 가려 하는 것일까? 그것이 궁금해지는 이유는 데루코 씨와 루이 씨에게는 항상 다음 목적지가 있는 것처럼 보였기 때문이다.

나의 다음 목적지는 도쿄다.

열차가 터널로 들어섰다. 터널을 빠져나왔을 때, 휴대폰에 아키라가 보낸 메시지가 도착했다.

옮긴이의 말

보수적인 남편을 둔 가정주부 데루코와 갑갑한 실버타운에서 뛰쳐나온 루이. 두 친구는 어느 날 갑작스럽게 길을 떠난다. 루이는 이제 숨이 쉬어진다며 해방감을 만끽하고, 데루코는 하하하하 큰 소리로 마음껏 웃으며 차를 달린다. 이렇게 신나는 배경 음악과 함께 한 편의 로드 무비가 시작될 것만 같은 장면으로 이 책은 시작한다.

많은 독자들이 여기서 한 편의 영화를 떠올릴 것이다. 바로 여성 주인공들을 내세운 로드 무비의 걸작으로 평가받는 영화 〈델마와 루이스〉다. 데루코와 루이라는 주인공들의 이름으로부터도 쉽게 알 수 있듯이 이 소설은 영화

〈델마와 루이스〉를 오마주한 작품이다. 하지만 우발적인 강력 범죄와 함께 등장인물이 벼랑 끝으로 내몰리는 영화와 달리, 이 소설은 아기자기한(?) 범죄에 머무르며 거기에 동화적인 분위기를 가미하여 끝까지 유쾌함을 잃지 않는 우정의 드라마를 그려낸다.

아무리 100세 시대가 되었다고 하지만, 일흔이라는 나이는 이제 삶을 마무리하는 시기라고 생각하기 쉽다. 연금을 받으며 사는 나이, 실버타운에 입주하는 나이, 그러니까 기존의 삶을 바꾸기에는 너무 늦은, 단념할 줄 알아야 하는 나이라고. 하지만 이 책의 주인공 데루코는 일흔이 되어서 드디어 45년간의 암흑 같은 결혼 생활을 박차고 나온다. "나는 이제부터 살아갈게요"라는 편지를 남긴 채. 또 한 명의 주인공 루이 역시 현실과 타협해 들어갔던 실버타운을 때려치우고 탈출한다. 자신이 더욱 자신답게 살 수 있는 삶을 살기 위해서. 그리고 두 사람은 힘을 합쳐 서로를 돌보고 지지하며 점차 뗄 수 없는 가족이 되어간다.

가족과의 관계든, 사회생활에서의 관계든, 살다 보면 인간관계에서 피로감을 느낄 때가 종종 있다. 그럴 때 모든 것을 다 내던지고 떠나버리고 싶다는 생각을 누구나

한 번쯤은 해 보았을 것이다. 생각은 하지만 좀처럼 실행하지는 못하는 그것을, 이 책의 주인공들은 바로 행동으로 옮겨 버린다. 함께 있는 것이 행복하지 않은 인간관계를 박차고 나와 '나답게' 살아갈 수 있는 새로운 공간을 찾아 떠나는 주인공들의 모습에서 독자들은 통쾌한 대리만족을 느낄 수 있을 것이다.

이 책의 주인공인 데루코와 루이는 오랜 친구지만 놀랄 정도로 외모도, 성격도, 지금까지 살아온 인생도 정반대이다. 고상하고 우아한 현모양처 사모님으로 살아온 데루코, 사랑에 몸을 던지는 정열적인 삶을 살아온 샹송 가수 루이. 하지만 두 사람에게 공통점이 있다면 앞으로도 인생이 한참 남았다고 생각하며, 젊은이들보다 오히려 더 뜨겁게 살아가려는 열의로 가득하다는 점이다.

그런 태도를 가져서일까, 두 사람은 일흔이라는 나이에도 불과하고 소설 속에서 신기하리만치 나이를 느끼게 하지 않는다. 두 사람은 일할 때도, 인간관계를 맺을 때도, 나이에 상관없이 다양한 배경의 사람들과 교류하며 적극적으로 일상을 살아간다. 두 사람이 대화할 때는 영락없이 처음 만난 때인 중학생 소녀의 모습이 그대로 드러나기도 한다. 우리가 일반적으로 생각하는 일흔 살 노인, 할머니가 아니라 각기 다른 개성을 가진 매력적인 여성으로서 두 주인공을 독자들도 편견 없이 봐 주었으면 하는 바람이다.

이 책의 저자 이노우에 아레노는 나오키상을 수상한 저명한 작가로서 활발한 작품 활동을 보이고 있음에도 불구하고 국내에는 많은 작품이 소개되지 않은 것이 사실이다. 그러나 여성의 시선에서 인간관계와 사람의 감정을 섬세하게 보여주는 작가인 만큼, 앞으로 더 주목받을 가능성이 충분하다고 여겨진다. 당당한 할머니들의 현실 탈출 로드 무비라는 인상적인 소재를 후련하게 풀어낸 이 책을 통해 작가가 더 널리 알려지고, 또 앞으로 더 많은 작품을 소개할 수 있는 계기가 될 수 있기를 기대해 본다.

한편 이노우에 아레노는 2019년부터 일본 나가노의 야쓰가타케 산기슭의 별장지에 정착하여 살고 있다고 한다. 바로 이 소설의 무대가 되는 지역이다. 고원지대의 차가운 공기, 자작나무 숲과 파란 하늘, 발이 푹푹 빠지도록 쌓인 하얀 눈과 장작이 타오르는 화목난로의 열기 같은 소설 내의 묘사가 작가의 경험에서 나온 것이라고 생각하니 소설 속의 공간이 한층 피부 가까이 다가오는 기분이다.

소설 속의 온도와 풍경, 분위기를 독자들도 함께 상상하
며 이야기를 즐겨 보기 바란다.

2024년 9월

윤은혜

데루코와 루이

초판 1쇄 발행 2024년 10월 10일

지은이 이노우에 아레노
옮긴이 윤은혜
펴낸이 김상현

총괄 유재선 **기획편집** 전수현 김승민 주혜란
마케팅 김예은 송유경 김은주 남소현 성정은
경영지원 이관행 김범희 김준하 안지선

펴낸곳 (주)필름
등록번호 제2019-000002호 **등록일자** 2019년 01월 08일
주소 서울시 영등포구 영등포로 150, 생각공장 당산 A1409
전화 070-4141-8210 **팩스** 070-7614-8226
이메일 book@feelmgroup.com

필름출판사 '우리의 이야기는 영화다'

우리는 작가의 문체와 색을 온전하게 담아낼 수 있는 방법을 고민하며 책을 펴내고 있습니다.
스쳐가는 일상을 기록하는 당신의 시선 그리고 시선 속 삶의 풍경을 책에 상영하고 싶습니다.

홈페이지 feelmgroup.com **인스타그램** instagram.com/feelmbook

ISBN 979-11-93262-25-2(03830)